Runway ins Verderben

Ich widme dieses Buch
als kleines Dankeschön
meinen treuesten Leserinnen:

Angélique aus Krems
Babs aus Stuttgart
Brigitte aus Neckarelz
Elke aus Hamburg
Eva Anna aus Krems
Marianne aus Mautern

Juergen von Rehberg

Runway ins Verderben

Bibliografische Information der Deutschen Nationalbibliothek:
Die Deutsche Nationalbibliothek verzeichnet diese
Publikation in der Deutschen Nationalbibliografie;
detaillierte bibliografische Daten sind im Internet
über http://dnb.dnb.de abrufbar.

Herstellung und Verlag: BoD – Books on Demand,
Norderstedt

ISBN: 978-3-7494-2216-6

Die Erschütterungen in der Kabine, das Vibrieren der Tragflächen und das Gefühl, von einer großen Faust in den Sitz hinein gepresst zu werden, waren alles vertraute Vorgänge für Stefan Wenninger, als er im Airbus A 320 saß, der ihn von Wien nach Zürich bringen sollte.

Seine Ehefrau Gudrun hatte sich wieder einmal durchgesetzt, obwohl er alles versucht hatte sie davon abzuhalten zu ihrem gemeinsamen Sohn Thorsten nach Zürich zu fliegen.

Es konnte doch nicht die Aufgabe der Eltern sein, zum x-ten Male das Problem eines erwachsenen Mannes zu lösen, eines von vielen, welche diesem schon vorausgegangen waren.

„Ein Mann von Ende dreißig sollte sein Leben endlich einmal in den Griff bekommen", so der Tenor von Stefan; aber wenn Mamas Liebling nach Hilfe rief, war diese sofort zur Stelle.

Und Stefan fügte sich auch dieses Mal wieder und begleitete seine Gattin.

Stefan hatte einen Fensterplatz in der Maschine, und Gudrun sollte normalerweise neben ihm sitzen. Aber ein junges Ehepaar mit einem kleinen Kind war die Ursache, dass Gudrun ihren Platz mit dem Kind tauschte.

Das Kind saß jenseits des Mittelganges bei ihrer Mutter und streckte ihre kleinen Händchen nach ihrem Papa aus, welcher neben Gudrun und einem weiteren

Fluggast saß. Ein paar Tränchen waren schließlich ausschlaggebend, dass Gudrun ihren Platztausch anbot.

Das Gesicht des kleinen Mädchens, welches nun neben Stefan saß, war das Letzte, das Stefan gesehen hatte, und ein lauter Knall war das letzte Geräusch, das an sein Ohr drang. Dann wurde es Nacht. Finstre, dunkle Nacht…

*****

„Guten Morgen, Herr Stefan. Wie geht es Ihnen?"

Es war die Stimme von Schwester Elfi, welche Stefan aus seinen Gedanken riss.

„Ich weiß es nicht, Schwester Elfi", antwortete Stefan, *„sagen Sie es mir."*

Schwester Elfi musste lächeln. Sie betreute den Patienten von der ersten Stunde seiner Einlieferung an. Er war nach dem schrecklichen Unfall mit schwersten Verletzungen in das „Maria vom Kreuz" - Krankenhaus eingeliefert worden.

Die Fluggesellschaft „G.A.S."[1] hatte unmittelbar nach dem Unfall die völlige Kostenübernahme zuge-

---

[1] Global Airlines Suisse

sagt. Stefan Wenninger war der einzige Überlebende der Katastrophe.

Kurz nach dem Start, war die linke Tragfläche abgerissen und hatte einen Teil der Kabine mitherausgerissen.

Es war der Teil, hinter dem sich die Sitzreihe von Stefan Wenninger befand. Mit ihr wurde er katapultartig hinausgeschleudert.

Der fremde Fluggast und der Vater mit dem kleinen Kind überlebten den Unfall nicht. Und dass Stefan Wenninger überlebte, grenzte schon an ein Wunder.

Seine Verletzungen waren sehr schwer, und lange Zeit befürchtete man, dass er es nicht schaffen würde. Neben diversen Knochenbrüchen waren die Verletzungen am Kopf das eigentliche Problem.

„Blow-out-Frakturen"[2] und weitere Verletzungen im gesamten Gesichtsbereich hatten tiefe Spuren hinterlassen. Es drohte bisweilen die Erblindung des Patienten.

Stefan Wenninger wurde, bedingt durch die schweren Schädel-Hirn-Verletzungen in ein künstliches Koma versetzt, um dem Körper Gelegenheit zu geben, sich zu erholen.

---

[2] Orbitalbodenfrakturen der Augen

Als er wieder aufgeweckt wurde, stellte er eine Frage, deren Beantwortung ihm einen schweren Schlag versetzte.

„Wie geht es meiner Frau, kann ich sie sehen?"

„Es tut uns sehr leid, Herr Wenninger, Ihre Frau hat es leider nicht geschafft."

Die Antwort kam von Professor Dr. Paulus Fromm, dem Chef der Klinik, welcher auf Betreiben der Fluggesellschaft die Behandlung übernommen hatte.

Ein Teil der Klink war für Privatpatienten vorbehalten, welche über die nötigen finanziellen Mittel verfügten.

Aus Gründen der Reputation hatte die Fluggesellschaft sofort die Verlegung in diesen Trakt angeordnet, natürlich unter Zusicherung der Kostenübernahme.

Das Zimmer von Stefan Wenninger glich eher einer Suite im Hotel Plaza, denn einem Krankenzimmer.

Es dauerte eine Weile, bis Stefan mit der Situation umgehen konnte, nachdem er erfahren hatte, dass er der einzige Überlebende der Flugzeugkatastrophe war.

Als er aus dem Koma erwacht war und vom Tod seiner Gattin erfahren hatte, beantwortete er die Frage des Arztes nach seinem Befinden mit den Worten:

„Warum haben Sie mich nicht sterben lassen?"

Stefan Wenninger verweigerte die Nahrungsaufnahme über längere Zeit, was dazu führte, dass er künstlich ernährt wurde.

Es war Schwester Elfi, die ihm so lange zusetzte, bis er endlich einwilligte sich normal zu ernähren. Obwohl Stefan anfangs nicht sehen konnte, weil seine Augen von einem Kopfverband verhüllt waren, fand er sofort Gefallen an der Stimme der Krankenschwester.

Das erste Frühstück, welches Stefan von Schwester Elfriede serviert bekam, begleitete sie mit den Worten:

„Guten Morgen, Herr Wenninger, ich bin es, Schwester Elfriede. Es gibt Rührei mit Toast, Butter, Marmelade und frische Croissants und dazu köstlich duftenden Kaffee."

Es war ihre Stimme, die ihn auf der Stelle in eine geneigte Stimmung versetzte. Er drehte seinen Kopf in die Richtung, aus welcher die Stimme gekommen war, und sagte:

„Guten Morgen! Jetzt haben Sie es doch noch geschafft, dass ich normal esse. Aber eines haben Sie nicht dabei bedacht."

„Was meinen Sie, Herr Wenninger?", fragte Schwester Elfriede.

„*Da ich ja blind bin wie ein Maulwurf*", antwortete Stefan, „*müssen Sie mich füttern!*"

Schwester Elfriede lachte und erwiderte:

„*Das bekomme ich gerade noch hin, Herr Wenninger.*"

Dann nahm sie mit einen Löffel Rührei vom Teller und führte diesen mit den Worten „*Achtung, Mund auf!*" zum Mund ihres Patienten.

Stefan kam dieser Aufforderung nicht nach, was Schwester Elfriede befürchten ließ, dass es sich Stefan anders überlegt haben könnte.

„*Was ist los, Herr Wenninger*", fragte sie aufgeregt, „*mögen Sie kein Rührei?*"

Stefan grinste, was die Krankenschwester nur noch mehr verunsicherte.

„*Sehr sogar*", antwortete Stefan, „*aber ich mache den Mund nur auf, wenn ich Sie <Elfi> nennen darf und Sie mich <Stefan> nennen.*"

Jetzt musste auch Schwester Elfriede lächeln.

„*Das ist Erpressung. Schämen Sie sich!*"

„*Ist es nicht im Interesse des medizinischen Personals den Patienten bei guter Laune zu halten? Und ist es nicht so, dass die Psyche eine wesentliche Rolle bei der Genesung spielt?*"

„Das ist richtig, Herr Wenninger", antwortete die Krankenschwester und fügte hinzu:

„Ich schlage Ihnen einen Kompromiss vor: Sie dürfen mich fortan >Elfi> nennen, wenn ich Sie <Herr Stefan> nennen darf."

„Einverstanden" antwortete Stefan, *„aber ich habe noch eine weitere Bedingung."*

Schwester Elfi wollte schon opponieren, als Stefan ergänzte:

„Eigentlich ist es mehr eine Bitte. Der Kaffee schmeckt wie Spülwasser. Können Sie mir bitte eine Espressomaschine besorgen? Ich werde sie auch gern aus der eigenen Tasche bezahlen."

„Das mache ich sehr gern, Herr Wenninger", antwortete Schwester Elfi, *„und um die Bezahlung brauchen Sie sich keinen Kopf machen. Wir haben Anweisung, Ihnen jeden Wunsch von den Lippen abzulesen."*

„Vielen Dank, Elfi", erwiderte Stefan, *„und nicht vergessen, ab heute <Stefan>."*

„Jawohl, Herr Stefan", antwortete Schwester Elfi, *„aber jetzt wird erst einmal gefrühstückt."*

*****

13

Als Stefan Wenninger zum ersten Mal die Stimme von Schwester Elfi hörte, versuchte er sich ein Bild von ihr zu machen.

Die Stimme war klar und deutlich, hatte etwas Bestimmendes an sich, und war dennoch nicht unangenehm. Er taxierte den unsichtbaren guten Geist auf jenseits der vierzig Jahre.

Nach etlichen gemeinsamen Nahrungszuführungen nützte er seine Vermummung als Schutzwall, hinter der er sich versteckt fühlte, und fragte die Krankenschwester:

„Wie würden Sie sich selbst beschreiben, liebe Elfi?"

Elfriede Baumann erschrak. Sie übte ihren Beruf jetzt schon seit über dreißig Jahren aus; aber eine solche Frage war noch nie an sie herangetragen worden.

„Wie meinen Sie das, Herr Stefan?", fragte sie daher, und Stefan antwortete:

„Ich kenne nur Ihre Stimme, und ich würde gern wissen, wie sie aussehen. Stellen Sie sich einfach nur vor, ich wäre ein Blinder."

Schwester Elfi wollte schon antworten, als Stefan noch hinzufügte:

„Zurzeit bin ich ja so etwas wie ein Blinder, und vielleicht bleibe ich das auch für mein restliches Leben."

„Das sollten Sie noch nicht einmal denken, Herr Stefan", sagte Schwester Elfi in vorwurfsvollem Ton. *„Es braucht noch eine Weile; aber dann können Sie bestimmt auch wieder sehen."*

Stefan lächelte. Es gefiel ihm, wie seine gute Fee ihn gerade zur Raison bringen wollte.

„Aber bis es soweit ist, beschreiben Sie mir, wie Sie aussehen", erwiderte Stefan, *„Sonst trete ich wieder in den Hungerstreik."*

„Sie sind schrecklich, Herr Stefan", sagte Schwester Elfi. *„Also gut, Sie geben ja doch keine Ruhe"*

Und dann begann sie mit ihrer Personenbeschreibung:

„Ich bin 1,66 Meter groß und wiege plus/minus sechzig Kilo. Ich bin wohlgerundet, habe braune Augen und braune Haare, und ich bin 49 Jahre alt. Reicht das jetzt, um mir einen Heiratsantrag zu machen?"

Die skurrile Situation war damit auf ihrem Höhepunkt angelangt.

Der Patient Stefan Wenninger saß in einem Rollstuhl an einem Tisch und hielt noch immer seine Tasse in der Hand, aus welcher er gerade einen Espresso getrunken hatte.

Ihm gegenüber saß Elfriede Baumann, ihres Zeichens Krankenschwester und persönliche Betreuerin des Patienten Stefan Wenninger.

Und zwischen Patient und Krankenschwester schwebte das gerade Gesagte unruhig hin und her.

Schwester Elfi war in diesem Augenblick heilfroh, dass ihr Patient sie nicht sehen konnte, und der Patient fühlte sich hinter seinem Kopfverband in Sicherheit.

„Est tut mir sehr leid, Herr Stefan", sagte Schwester Elfriede, *„bitte, entschuldigen Sie meine Entgleisung!"*

Dann stand sie auf, strebte zur Tür hin und sagte beim Hinausgehen noch schnell:

„Ich schaue später wieder bei Ihnen vorbei."

Stefan saß wie versteinert da. Was wie ein lustiges Geplänkel begonnen hatte, entwickelte sich nicht wirklich so, wie es gedacht war.

Ihm wurde bewusst, dass er dieses zauberhafte Wesen gerade in arge Verlegenheit gebracht hatte, und er bereute das.

Hinzu kam, dass er sich dadurch in eine schwierige Situation gebracht hatte. Sein körperlicher Zustand erlaubte ihm nicht selbständig den Weg in sein Bett zurückzulegen.

Da ging die Tür auf, und mit den Worten *„Ich bringe Sie jetzt ins Bett zurück"* befreite Schwester Elfi ihren Patienten aus seiner Bredouille.

Dieses geschah dann auch ohne Worte. Schwester Elfi schüttelte noch kurz das Kopfkissen auf, hievte den reuigen Sünder gekonnt in sein Bett und verschwand dann endgültig bei der Tür hinaus.

*****

Die Sitzungen mit dem Psychotherapeuten Sigi Fröhlich waren zu Beginn recht schwierig verlaufen. Das Bollwerk „Ablehnung" musste erst einmal überwunden werden.

„Das wievielte Mal ist das heute, Sigi?", fragte Stefan Wenninger seinen Seelenklempner, und Sigi Fröhlich antwortete:

„Ich müsste erst einmal in meinen Unterlagen nachsehen; so genau weiß ich das gar nicht."

„Du bist ein schlechter Lügner, Sigi", sagte Stefan, *„du weißt es ganz genau."*

„Da haben wir ja etwas gemeinsam", erwiderte der Psychotherapeut, *„ist das nicht schön?"*

Stefan lächelte. Obwohl er anfangs strikt dagegen war mit einem Seelenklempner zu reden, fanden die beiden doch relativ schnell zueinander.

Er erinnerte sich gut daran, wie das war, als er sich zum ersten Mal einem Gespräch stellte.

„Was wollen Sie von mir, Herr Doktor? Dass ich die ganze Geschichte so einfach hinnehme? So nach dem Motto <Shit happens>? Ist es das?"

„Ganz sicher nicht, Herr Wenninger", antwortete der Psychotherapeut, *„das wäre auch gar nicht möglich."*

Diese Antwort überraschte Stefan.

„Ich brauche keinen Seelenklempner", sagte er tonlos, und nach einer kurzen Pause fügte er hinzu:

„Was wollen Sie dann?", fragte Stefan weiter, *„was wäre denn möglich, Ihrer Meinung nach?"*

„Ich würde mich einfach gern mit Ihnen unterhalten, Herr Wenninger", antwortete der Psychotherapeut, dem der zynische Unterton seines Gegenübers nicht verborgen geblieben war.

„Und über was, wenn ich fragen darf? Über Politik, Sport oder die Großwetterlage?", stichelte Stefan weiter.

„Vermissen Sie Ihre Frau?"

Stefan zuckte zusammen. Mit diesem Punch in seine Überheblichkeit hatte er nicht gerechnet.

Und bevor er noch darauf reagieren konnte, sagte der Psychotherapeut:

„Denken Sie über meine Frage nach. Ich werde jetzt gehen. Wenn Sie jedoch weiter darüber reden wollen, lassen Sie es mich wissen. Ich wünsche Ihnen noch einen schönen Tag."

Kurz darauf hörte Stefan an der schließenden Zimmertür, dass der Psychotherapeut gegangen war.

„Scheißkerl!"

Mit der Bewertung seines Besuchers durch dieses Wort empfand er eine gewisse Erleichterung.

„Sie reihen sich damit in eine lange Phalanx beleidigender Kraftausdrücke ein. <Scheißkerl> ist jedoch neu."

Stefan erschrak.

„Ich dachte, Sie wären gegangen", sagte er, und der Psychiater antwortete:

„Traue niemals einem Seelenklempner. Und noch etwas; ich bin kein Doktor. Ich heiße Sigmar Fröhlich.

Und um Ihnen das vorwegzunehmen: Es gibt keinen Witz, der um meinen Namen – in Verbindung mit Sigmund Freud - noch nicht gemacht wurde.

Und ich bin auch nicht mit Sigmund Freud verwandt oder verschwägert. Aber wenn Sie möchten, dann können Sie mich ruhig <Sigi> nennen."

Damit war das Eis gebrochen.

„Ich bin mir noch nicht sicher", sagte Stefan lächelnd, *„aber ich glaube, ich fange gerade an Sie zu mögen."*

„Das nenne ich eine Basis, auf welcher sich aufbauen lässt", erwiderte der Psychotherapeut, und fuhr nach einer kurzen Pause fort:

„Wenn Sie möchten, dann beginnen wir hier und jetzt. Was meinen Sie, Herr Wenninger?"

„Einverstanden, Sigi", antwortete Stefan, *„aber nennen Sie mich bitte <Stefan>, wenn das möglich ist."*

„Möglich ist das schon", antwortete der Psychotherapeut, *„aber nicht professionell. Die Distanz zwischen Arzt und Patient sollte stets gewahrt bleiben."*

„Aber nachdem Sie ja kein richtiger Doktor sind", erwiderte Stefan, *„können wir das doch so handhaben. Meinen Sie nicht auch?"*

„Dieses Argument vermag mich durchaus zu über-
zeugen, lieber Stefan", antwortete Sigi, der es – für
Stefan nicht sichtbar – sichtlich genoss, seinen Patienten in die richtige Richtung bugsiert zu haben.

„Vermissen Sie Ihre Frau, Stefan?"

Es folgte ein längeres Schweigen. Sigi war sich
plötzlich nicht mehr so sicher, dass er die richtige
Strategie gewählt hatte.

Er sah in der bewegten Mimik der unteren Ge-
sichtshälfte von Stefan, dass er äußerst aufgewühlt
war. Sigi wollte schon zurückziehen, als er Stefan
sagen hörte:

„Jeden Augenblick meines beschissenen Daseins.
Ich fühle mich wie in einem Gefängnis, und meine
Gedanken sind die Wärter, die darauf aufpassen, dass
ich nicht daraus entfliehen kann.

Ich würde mir am liebsten den Verband vom Kopf
reißen, damit meine Gedanken wieder frei sind. Dann
könnten sie sich auch einmal den Dingen widmen, die
mich umgeben, und müssten nicht immer dasselbe
sehen."

„Was sehen Sie denn, Stefan?", fragte Sigi, und
Stefan antwortete:

„Ich sehe, wie das Flugzeug in Flammen aufgeht,
bevor ich ohnmächtig werde, und ich fühle, dass mir
das Liebste gerade genommen wird."

„Empfinden Sie Hass oder Wut?"

Stefan antwortete nicht sofort auf diese Frage. Es schien, als müsse er darüber nachdenken.

„Ich empfinde beides", antwortete er nach einem kurzen Zögern, *„Wut gegen das Schicksal und Hass auf meinen Sohn.*

Bin ich ein böser Mensch oder vielmehr noch, ein schlechter Vater?"

„Beantworten Sie sich die Frage selbst", erwiderte Sigi, *„wie sehen Sie sich?"*

„Ich weiß es nicht", antwortete Stefan, *„vielleicht habe ich aber auch nur Angst vor der Antwort."*

„Dass Sie mit dem Schicksal hadern, kann ich verstehen", sagte Sigi, *„aber wie passt dann der Hass auf Ihren Sohn dazu?"*

Stefan wandte seinen Kopf in Richtung Sigi, als wolle er ihn anschauen.

„Was meinen Sie damit?", fragte Stefan, welcher den Sinn in der Frage des Psychotherapeuten nicht zu erkennen vermochte.

„Wenn Sie an Schicksal glauben, wie Sie ja gerade selbst gesagt haben, dann kann es keine andere Schuldzuweisung geben. Das eine schließt das andere aus."

Stefan brauchte Zeit zum Nachdenken. Der Mann, den er nicht sehen konnte, und von dem er nur allzu gern gewusst hätte, wie er aussieht, hatte ihn total durcheinandergebracht.

„Ist Klugscheißen ein Teil der Ausbildung zum Psychotherapeuten?", versuchte sich Stefan Luft zu verschaffen.

Als er nicht gleich eine Antwort bekam, fragte Stefan fast ein wenig ängstlich:

„Sind Sie noch da?"

„Ja, Stefan, der diplomierte Klugscheißer ist noch da, und er fragt sich gerade, warum der Mann, der sich hinter einer Maske versteckt hält, so aggressiv ist."

Die Antwort des Psychotherapeuten gefiel Stefan, und sie war auch ein Stück weit Beruhigung für sein schlechtes Gewissen.

„Es ist doch interessant, wie sehr sich das Verhalten eines Menschen hinter einer Maske zu verändern scheint", sagte Stefan erleichtert, *„man wird einfach mutiger. Finden Sie nicht auch?"*

„Ganz offenbar", antwortete Sigi, *„aber Sie sind mir noch eine Antwort schuldig."*

„Eine Antwort?", fragte Stefan scheinheilig.

„Ja, und das wissen Sie auch", antwortete Sigi.

Stefan wurde plötzlich sehr ernst.

„Ich habe wohl ein zu starkes Wort gebraucht", begann Stefan, *„natürlich hasse ich meinen Sohn nicht. Ich bin nur sehr wütend auf ihn, weil er die Ursache dafür war, dass wir uns in den Flieger gesetzt haben, um die Probleme von Mamas Liebling zu lösen.*

Und so habe ich wohl meiner ohnmächtigen Wut ein Gesicht zugeordnet, und es war das Gesicht von Thorsten."

„Sie machen gerade meine Arbeit, Stefan", sagte Sigi, *„es trifft genau den Kern, wenn Sie sagen, dass Sie Ihre Wut personifizieren wollten."*

„Dann sind Sie hier wohl überflüssig, Sigi", erwiderte Stefan lächelnd, *„und müssen mich nicht weiter quälen."*

„Empfinden Sie das so?", fragte Sigi, *„quält es Sie darüber zu sprechen oder wirkt es vielleicht doch auch ein wenig befreiend?"*

„Ich weiß es nicht", antwortete Stefan, *„ich müsste darüber nachdenken."*

Sigi wartete einen Moment, und als Stefan nichts mehr weiter dazu sagte, fragte Sigi ihn:

„Sind Sie eifersüchtig auf Ihren Sohn?"

Stefan wollte spontan mit NEIN antworten, hielt sich aber zurück.

Er dachte daran, dass er jedes Mal zusammenzuckte, wenn das Telefon läutete und am anderen Ende der Leitung Thorsten war.

Stefan überließ schon seit Langem Gudrun das Entgegennehmen von Telefonanrufen; waren die meisten doch ohnehin von ihrem Sohn.

Gudrun ging vollkommen darin auf sich mit Thorsten zu unterhalten. Ihre Stimme wurde samtweich und ihre Augen leuchteten.

Thorsten war das jüngere der beiden Geschwister. Sylvia, die große Schwester, war von Anfang an ein Problem für Gudrun.

Sie war schon als Kind ein rechter Dickkopf und wollte immer mit dem Kopf durch die Wand. Thorsten hingegen war ein Kuschelbär.

Und so wurde im Hause Wenninger das Klischee „Unverträglichkeit von Mutter zu Tochter und Vater zu Sohn" perfekt bedient.

Während Sylvia ihren Weg machte – sie schloss ihr Studium der Rechtswissenschaften mit *„Summa cum laude"* ab – und in einer renommierten Kanzlei unterkam, war Thorsten noch immer auf dem „Weg der Findung".

Egal, welchen Job er anfing, es dauerte nicht lange, und er beendete ihn auch schon wieder.

Für einen Dozenten an der Uni, der Stefan bis zu seiner Emeritierung war, stellte ein solches Verhalten einen nicht nachzuvollziehenden Zustand dar.

Diese Zwiespältigkeit hatte im Laufe ihrer Ehe dazu geführt, dass Stefan und Gudrun ein wenig auseinander getriftet waren.

Nicht dass ihnen die Liebe abhandengekommen wäre, so war aus einer ursprünglich lodernden Flamme im Laufe der Zeit jedoch ein glosendes Feuer geworden, das gerade so viel Wärme spendete, dass sie nicht erfroren.

Und obwohl sich Stefan immer wieder vornahm, dem Taugenichts von Sohn seine Hilfe zu verweigern, vermochte er sich dem Bitten seiner Gattin nicht zu verschließen.

Nur das eine Mal hätte er sich im Nachhinein gewünscht, er hätte es getan.

„Ja, ich bin eifersüchtig auf meinen Sohn, weil er mir zeitlebens die Liebe meiner Frau gestohlen hat", antwortete Stefan mit erhobener Stimme.

Sigi war überrascht, hatte er doch nicht mehr mit einer Antwort gerechnet.

„Finden Sie nicht, dass die Liebe einer Mutter zu ihrem Kind nicht identisch ist mit der Liebe von Mann und Frau?", fragte Sigi.

„Mag sein", antwortete Stefan, *„aber Tatsache ist, dass die Liebe von Gudrun zu mir im selben Maße abgenommen hat, wie sie Thorsten gegenüber immer mehr wurde."*

„Haben Sie sich je gefragt, ob nicht Sie vielleicht durch Ihr Verhalten auch dazu beigetragen haben könnten, dass sich Ihre Liebe ein wenig abgekühlt hat?"

Stefan erschrak. Diese Frage hatte er sich nie gestellt, obwohl sie in diesem Augenblick so naheliegend schien.

„Wie meinen Sie das?", fragte er vorsichtig.

„Wenn der Vater mit dem Sohn um die Liebe der Frau buhlt, die gleichermaßen zu ihnen beiden gehört, dann hat der Vater meist die schlechteren Karten."

„Was hätte ich denn sonst machen sollen?", hinterfragte Stefan die Antwort des Psychotherapeuten.

„Die Mutter einfach Mutter sein lassen, und sie nicht in ihrem Bemühen zu boykottieren", antwortete Sigi, was ihm einen heftigen Protest einbrachte.

„Ich habe Gudrun nicht boykottiert", antwortete Stefan heftig, *„im Gegenteil. Bin ich im Flugzeug mit ihr gesessen oder nicht?"*

„*Als liebender Ehemann oder eher als eifernder Vater?*", fragte Sigi.

Sigi sackte in sich zusammen. Er erkannte in diesem Augenblick, dass die Wut, welche er gegen Thorsten gerichtet hatte, gerade wie ein Bumerang zu ihm zurückkehrte.

Er wollte weinen, konnte es aber nicht, weil der Verband über seinen Augen nicht Raum dafür ließ. Er begann am ganzen Leib zu zittern und sagte zu Sigi:

„*Lassen Sie mich bitte allein; es ist mir gerade alles etwas zu viel.*"

„*In Ordnung, Stefan*", sagte Sigi, „*ich komme in zwei Tagen wieder. Sollten Sie aber schon früher das Bedürfnis haben weiter mit mir zu sprechen, lassen Sie es mich wissen.*"

Dann verließ der Psychotherapeut Sigi Fröhlich seinen Patienten mit einem Gefühl der Unsicherheit. Er fragte sich, ob er den Bogen nicht ein wenig überspannt hatte…

*****

Stefan war überrascht, als Schwester Elfi noch am selben Abend spät in sein Zimmer kam. Obwohl er sie nicht sehen konnte, wusste er sofort, dass sie es war.

„Je später der Abend, je netter die Gäste", sagte Stefan in einem Gefühl der Freude. *„Ich freue mich, dass Sie mich besuchen, liebe Elfi."*

„Guten Abend, Herr Stefan", erwiderte Schwester Elfi, *„ich bringe Ihnen gute Nachrichten und wollte nicht bis morgen warten."*

„Kommt der Verband morgen endlich weg?", fragte Stefan hoffnungsfroh.

„Nein, Herr Stefan, da müssen Sie noch ein wenig Geduld haben", antwortete Schwester Elfi.

„Es wäre auch zu schön gewesen", sagte Stefan fast ein wenig enttäuscht, und Schwester Elfi erwiderte:

„Aber meine Nachricht wird Sie sicher ein wenig dafür entschädigen."

„Da bin ich aber gespannt, welche frohe Kunde Sie für mich haben, meine Liebe", sagte Stefan jenseits seiner kurzen Enttäuschung.

„Ihre Tochter kommt Sie morgen besuchen."

Als Schwester Elfi das sagte, war sie von der freudigen Reaktion ihres Patienten überzeugt und war umso mehr überrascht, als das nicht der Fall war.

„Woher weiß Silla, dass ich hier bin?", fragte Stefan in ernster Manier.

Er nannte seine Tochter noch immer so, weil Sylvia ihren Namen nicht aussprechen konnte, als sie klein war. So wurde aus Sylvia Silla.

„Ich habe sie angerufen", antwortete Schwester Elfi, fast ein wenig entschuldigend und fügte hinzu:

„Es ist Ihnen doch recht, Herr Wenninger? Oder etwa nicht? Dann entschuldigen Sie bitte!"

Schwester Elfi hatte Stefan in der Aufregung mit *Herrn Wenninger* angesprochen, anstatt der vereinbarten Anrede *Herr Stefan.*

„Natürlich, Elfi", beeilte sich Stefan der Krankenschwester zu versichern, denn er hatte den aufgeregten Ton in ihrer Stimme wohl bemerkt.

„Aber woher haben Sie den Namen meiner Tochter?", setzte Stefan nach.

„Sie haben ihn bei Ihrer Einlieferung hinterlegt", antwortete Schwester Elfi. *„Es ist üblich, dass Namen und Adressen von Angehörigen erfragt werden, welche man gegebenenfalls benachrichtigen kann, so das notwendig werden würde."*

„Das hatte ich vollkommen verdrängt", antwortete Stefan, *„bitte entschuldigen Sie mein törichtes Verhalten."*

„Das ist nicht nötig, Herr Stefan", sagte Schwester Elfi, und Stefan antwortete umgehend:

„Doch, doch, das ist es. Und zum Zeichen, dass Sie mir nicht böse sind, trinken Sie jetzt mit mir ein Gläschen Wein."

Schwester Elfi lachte. Es war mehr ein Ausdruck der Erleichterung.

„Sie wissen genau, dass das nicht geht", sagte sie, *„das wäre ein Grund für meine fristlose Entlassung."*

„Also erstens sind Sie nicht mehr im Dienst, zweitens mache ich einen Heidenlärm, wenn Sie sich verweigern, und drittens erzähle ich Ihnen etwas über meine Tochter, wenn Sie JA sagen."

„Das ist zum wiederholten Male Erpressung, was Sie mit mir machen, Herr Stefan. Das ist nicht nett."

„Der Patient hat immer recht", sagte Stefan, *„und außerdem, der Zweck heiligt die Mittel."*

„Nicht immer, Herr Stefan", erwiderte Schwester Elfi, und Stefan sagte:

„Heute schon, liebe Elfi."

„Also gut", gab Schwester Elfi ihren eher zaghaften Widerstand auf, *„aber nur ein ganz kleines Glas."*

„Dann seien Sie bitte so nett und gießen uns ein."

Während Stefan dem gluckernden und zugleich faszinierenden Geräusch lauschte, welches entsteht, wenn der Wein die Flasche verlässt, um sich im Glas genüsslich niederzulassen, fragte er Schwester Elfi nach dem Namen auf dem Etikett.

„Heldenblut Dôle du Valais AOC", antwortete Schwester Elfi und Stefan erwiderte lachend:

„Sie sollten sich schämen einen schwer lädierten, alten Mann so zu verschaukeln; das ist ungeheuerlich."

„Aber nein", erwiderte Schwester Elfi aufgeregt, *„das steht genauso auf der Flasche."*

„Sie wollen mir ernsthaft einreden, dass der Wein <Heldenblut> heißt?", setzte Stefan nach.

„Ich schwöre es, Herr Wenninger", antwortete Schwester Elfi, die offenbar dann auf den Familiennamen von Stefan zurückgriff, wenn sie etwas aufgeregt war.

„Sie brauchen nicht zu schwören, liebe Elfi", erwiderte Stefan, *„ich bin mir nur nicht sicher, ob sich die Herrschaften der <Global Airlines Suisse> darüber im Klaren waren, wie zwiespältig der Name auf dem Etikett daherkommen kann.*

Man kann es als aufbauend verstehen; aber gleichwohl auch ein wenig als zynisch. Ich denke, es war als aufbauend gedacht. Was meinen Sie, Elfi?"

„Ich bin sicher, es sollte eine lieb gemeinte Geste sein", antwortete Schwester Elfi und hielt Stefan das Glas entgegen.

„Vorsicht, ich gebe Ihnen jetzt das Glas in die Hand."

Stefan ergriff es und roch daran.

„Es duftet ein wenig nach Beeren", sagte er, hielt danach sein Glas Schwester Elfi entgegen, und mit einem *„auf Ihr Wohl, liebe Elfi"* nahm er einen kräftigen Schluck.

Schwester Elfi nippte nur an ihrem Glas und stellte es danach ab.

„Kein schlechter Tropfen, dieses Heldenblut", sagte Stefan und bat Schwester Elfi für ihn zu recherchieren, woher der Wein kommt.

„Können Sie mit einem Tablet umgehen?", fragte er, und als Schwester Elfi die Frage bejahte, bat er sie den Wein zu googeln.

Das Ergebnis ließ nicht lange auf sich warten.

Der Dôle ist neben dem Fendant der bekannteste Schweizer Wein. Er ist ein Walliser AOC-zertifizierter Rotwein, der aus reinem Pinot noir, der im Schweizer Kanton Wallis geerntet, gewogen, sondiert und vinifiziert wurde, oder einer Mischung von ebenfalls im Wallis erlaubten und kultivierten roten Rebsorten stammt. Der Pinot noir und der Gamay sind im

Wallis traditionelle rote Rebsorten, denen die Bezeichnung Grand Cru vorbehalten ist.

AOC ist die Abkürzung für die französische Bezeichnung Appellation d'origine contrôlée. Frei übersetzt bedeutet das etwa „kontrollierte Herkunftsbezeichnung".

Stefan bedankte sich bei Schwester Elfi für die gelungene Recherche und fragte sie danach, wie ihr der Wein schmecke.

Sie druckste ein wenig herum, bevor sie antwortete:

„Ich hoffe, Sie sind mir nicht böse, Herr Wenninger; aber ich verstehe nichts vom Wein."

„Sie können ihn ruhig stehen lassen, wenn er Ihnen nicht schmeckt", antwortete Stefan, *„aber wenn Sie noch einmal <Herr Wenninger> sagen, dann müssen Sie die ganze Flasche trinken."*

„Um Gottes willen, nein", erwiderte Schwester Elfi heftig, *„dann wäre ich ja völlig betrunken."*

Stefan lachte und Schwester Elfi ließ sich davon anstecken. Sie schaute Stefan an, wie er in seinem Bett lag, und sie empfand zum ersten Mal Zuneigung für diesen Mann.

Stefan spürte instinktiv, dass Schwester Elfi ihn ansah. Er fragte, ob alles in Ordnung sei, und Elfi antwortete:

„Es ist alles gut, Herr Stefan; aber jetzt erzählen Sie mir bitte von Ihrer Tochter.

Sie haben Sie vorhin <Silla> genannt. Darf ich Sie fragen, warum Sie sie so nennen?"

„Das hängt mit ihrer Kindheit zusammen", begann Stefan von seiner Tochter zu erzählen.

„Als Silla noch sehr klein war und ihre ersten Worte sprechen konnte, habe ich versucht, ihr das Aussprechen ihres Namens beizubringen.

Ich saß stundenlang vor der kleinen Maus und habe ihr gebetsmühlenartig <Sylvia> vorgesagt, was jedoch – ohne eine einzige Ausnahme – immer wieder als <Silla> zurückkam.

Irgendwann habe ich dann aufgegeben. Im Laufe der nachfolgenden Jahre wurde dann aus Sylvia <Sylvi>, und ich habe für mich <Silla> beibehalten."

„Wie hat sie Ihre Frau genannt?", fragte Schwester Elfi, und Stefan antwortete:

„Immer nur <Sylvia>. Sie mochte die Namensverunglimpfungen nicht; auch nicht von mir."

„Und wie stand Ihre Tochter dazu?", fragte Schwester Elfi weiter.

„Ich denke, es war ihr egal", antwortete Stefan. *„Aber, dass ich sie weiterhin <Silla> nannte, das gefiel ihr."*

„*Darf ich Sie etwas fragen?* ", sagte Schwester Elfi zaghaft.

„*Alles, was Sie wollen, meine Liebe*", antwortete Stefan, und Schwester Elfi fragte, nach kurzem Zögern:

„*Sie haben vorhin etwas eigenartig darauf reagiert, als ich Ihnen sagte, dass Ihre Tochter sie besuchen kommen würde. Hat das einen Grund?*"

So sehr Schwester Elfi gezögert hatte die Frage zu stellen, so sehr zögerte Stefan jetzt mit der Antwort.

„*Ich habe Angst vor der Begegnung mit meiner Tochter*", antwortete Stefan, und Schwester Elfi zeigte sich überrascht ob dieser Antwort.

„*Aber weshalb haben Sie Angst?* ", fragte sie ungläubig.

„*Weil ich ihr nicht in die Augen sehen kann, wenn ich ihr sage, dass ihre Mutter tot ist.*"

„*Das weiß sie doch schon*", erwiderte Schwester Elfi.

„*Dazu hatten Sie kein Recht*", stieß Stefan aufgebracht hervor, „*es wäre meine Aufgabe gewesen meine Tochter über den Tod ihrer Mutter zu informieren.*"

Noch bevor Schwester Elfi darauf reagieren konnte, schrie Stefan:

36

„Bitte, gehen sie! Ich möchte allein sein."

Als er sein Glas, das er in der Hand hielt, auf dem Kästchen neben seinem Bett abstellen wollte, verfehlte er dieses, und das Glas glitt zu Boden.

Schwester Elfi hob es auf und stellte es auf das Kästchen. Als Stefan das bemerkte, wiederholte er in schrillem Ton:

„So gehen Sie doch endlich; ich will Sie nicht mehr sehen!"

Schwester Elfi murmelte etwas wie *„es tut mir leid"* und verließ das Zimmer.

*****

„Guten Morgen, Herr Wenninger; wie geht es Ihnen heute?"

Es war die Stimme von Prof. Fromm, welche Stefan aus seinen Gedanken riss. Er musste noch immer an den Vorfall vom vergangenen Abend denken.

Vielleicht hatte er ja doch etwas zu heftig reagiert. Schwester Elfi war die einzige Person, die er an sich heranließ. Und jetzt hatte er sie auf eine rüde Art vertrieben.

„Nun, wie fühlen Sie sich, Herr Wenninger?"

Prof. Fromm hatte seine Frage wiederholt, nachdem er keine Antwort bekommen hatte.

„Könnten Sie mir bitte den Verband abnehmen?", antwortete Stefan, *„meine Tochter kommt mich heute besuchen."*

„Das habe ich schon gehört, mein Lieber", antwortete der Professor, *„aber den Verband können wir heute leider noch nicht abnehmen. Vielleicht in zwei Wochen."*

Stefan kannte nur die Stimme des Professors, gesehen hatte er ihn noch nie. Durch die schweren Schädelverletzungen musste er ständig den Verband tragen.

Er hatte sich jedoch ein Bild gemacht und war zu folgendem Ergebnis gekommen: nicht sehr groß, leicht übergewichtig, jenseits der sechzig, nur noch wenig Haare.

„Ich habe gehört, dass es mit Schwester Elfriede Probleme gegeben hat; das tut mir leid. Ich habe sogleich veranlasst, dass Sie ab sofort eine neue Betreuung bekommen werden."

Stefan wollte gerade bekunden, dass er weiterhin die Dienste von Schwester Elfi in Anspruch nehmen wolle, als der Professor mit einem lapidar dahingestreuten *„weiterhin gute Genesung"* und seiner Entourage aus dem Zimmer hinausschwebte.

Kaum, dass alle gegangen waren, klopfte es, und Sigi, der Psychotherapeut trat ein.

„Guten Morgen, Stefan. Ich bin gerade eben Prof. Fromm begegnet, als er Ihr Zimmer verließ. Er machte einen äußerst gelösten Eindruck auf mich. Ist er mit Ihnen so sehr zufrieden?"

„Er mit mir wahrscheinlich schon", brummte Stefan, *„aber ich nicht mit ihm"*.

„Kann ich etwas tun, um Sie aufzuheitern?", fragte Sigi.

„Ach Sigi", seufzte Stefan, *„es läuft gerade etwas richtig schief in meinem Leben."*

„Wie das denn?", fragte Sigi, und Stefan antwortete:

„Heute kommt wahrscheinlich meine Tochter zu Besuch, und ich kann ihr noch nicht einmal in die Augen sehen."

Stefan machte eine Pause, und hinter seiner schützenden Maske formte sich der Wunsch, Sigi würde etwas zu ihm sagen.

Als Sigi ihm den Gefallen nicht tat, fuhr Stefan fort:

„Ich glaube, ich habe gestern eine große Dummheit begangen."

Sigi schwieg noch immer. Stefan musste sich einen gewaltigen Ruck geben, um die avisierte Dummheit näher zu bezeichnen.

Er wollte schon beginnen, als ihm einfiel, dass Sigi zur Unzeit erschienen war.

„Haben Sie mich gestern nicht verlassen mit der Verkündung erst morgen wieder zu erscheinen?"

„Das ist wohl wahr", antwortete Sigi, *„aber ich habe instinktiv gespürt, dass Ihnen eine furchtbare Dummheit auf der Seele lastet und dass sie Ihnen in der vergangenen Nacht den Schlaf geraubt hat."*

Stefan musste lachen. Er wollte es gar nicht, aber Sigi hatte ihn überrumpelt.

„Du bist wirklich ein Scheißkerl!", sagte Stefan impulsiv, *„und ich werde mich nicht dafür entschuldigen."*

„Das habe ich auch gar nicht von dir erwartetet, du blindes, dummes Huhn", antwortete Sigi.

„Also das <blinde Huhn> lasse ich stehen", erwiderte Stefan, *„aber das <dumme Huhn> nimmst du sofort zurück."*

„Ich denke ja nicht daran", konterte Sigi, *„wer einen Goldschatz wie Schwester Elfriede so behandelt, wie du, der muss schon sehr dumm sein."*

„*Wieso weißt du davon?*", fragte Stefan, „*und überhaupt, wieso duzt du mich?*"

„*Was den ersten Teil deiner Frage betrifft, so hat mir Schwester Elfriede ihr Herz ausgeschüttet, und zum zweiten Teil: Du hast doch schließlich damit angefangen.*"

„*Wie alt bist du eigentlich, Sigi?*", fragte Stefan, und Sigi antwortete:

„*Laut deiner Patientenakte bin ich nur unwesentlich jünger als du. Aber jetzt sag mir bitte, was gestern Abend in dich gefahren ist, dass du Schwester Elfriede so gekränkt hast?*"

„*Sie hat meiner Tochter am Telefon gesagt, dass Gudrun tot ist. Und das wäre doch meine Aufgabe als Vater gewesen.*"

„*Das hat sie nicht*", antwortete Sigi.

„*Was heißt das, das hat sie nicht?*", fragte Stefan.

„*Deine Tochter wusste bereits, dass ihre Mutter tot ist*", antwortete Sigi.

„*Woher denn?*", fragte Stefan, und Sigi antwortete:

„*Aus den Medien.*"

„*Und warum habe ich das nicht mitbekommen?*", fragte Stefan.

„Weil du im künstlichen Koma lagst, als die Medien rauf und runter darüber berichtet haben."

In Stefans Kopf herrschte heller Aufruhr. Mit einem Schlag tauchten die Bilder wieder auf, die er im Laufe der zurückliegenden Zeit erfolgreich in seinem Unterbewusstsein geparkt hatte.

„Ist alles in Ordnung?", fragte Sigi, dem nicht entgangen war, dass Stefan sich nicht wohlfühlte.

„Soll ich dir ein Glas Wasser holen?", fragte Sigi besorgt, und Stefan antwortete:

„Danke, es geht schon wieder."

„Ist Schwester Elfi sehr böse auf mich?", fragte Stefan zaghaft, und Sigi antwortete:

„Nein, sie ist dir nicht böse; sie ist nur sehr traurig."

„Es tut mir unendlich leid", sagte Stefan, *„ich würde es so gern ungeschehen machen. Glaubst du, sie könnte mir verzeihen?"*

„Das weiß ich nicht", antwortete Sigi, *„das musst du sie schon selber fragen."*

„Aber wie?", entgegnete Stefan, *„der Klinik-Gott hat sie ja abgezogen."*

„*Du bist zurzeit das Huhn, das goldene Eier legt*", antwortete Sigi, „*vergiss nicht, die Global Airlines Suisse zahlt alles.*"

„*Ich weiß schon, das blinde, dumme Huhn*", antwortete Stefan lächelnd.

„*Du musst nur mit den Fingern schnippen und alle liegen dir zu Füßen*", legte Sigi nach.

„*Könntest du das in meinem Auftrag in die Wege leiten?*", fragte Stefan, „*und besorg bitte einen großen Blumenstrauß für Elfi.*"

„*Elfi; so, so*", scherzte Sigi, „*so intim seid ihr schon.*"

„*Rede keinen Unsinn*", sagte Stefan, „*ich mag sie ganz einfach.*"

Der Verband vermochte zwar den oberen Gesichtsteil zu verbergen, jedoch nicht den unteren Teil, welcher deutlich eine leichte Rötung der Wangen erkennen ließ.

„*Nun gut, dann werde ich dich jetzt verlassen und die Wiedervereinigung einleiten*", sagte Sigi lachend und war schon im Begriff das Zimmer zu verlassen, als Stefan ihm nachrief:

„*Ich erwarte heute Abend, wenn alle schlafen, deinen Bericht. Und dann feiern wir unsere Brüderschaft mit Blut.*"

„Um Gottes willen", sagte Sigi, *„das geht nicht. Wenn das herauskäme, würden sie uns beide hinauswerfen."*

„Keine bange", erwiderte Stefan, *„es geht schließlich um <Heldenblut>, da wird niemand hinausgeworfen."*

Sigi verstand nun überhaupt nichts mehr, ließ es aber dabei bewenden. Am späten Abend würde er sicher mehr darüber erfahren.

*****

Es war nach dem Mittagessen, als jemand an die Tür klopfte. Stefan hatte eine Kleinigkeit gegessen und war kurz danach eingeschlafen.

Die unruhige, schlaflose Nacht zuvor hatte dazu geführt, obwohl er sich vorgenommen hatte wachzubleiben.

Als die Tür langsam geöffnet wurde und der Kopf einer jungen Frau vorsichtig dahinter erschien, klopfte Stefans Herz wie wild. Stefan konnte es zwar nicht sehen; aber er spürte ganz genau: Es war Silla.

„Hallo Papa!"

Stefan wollte antworten, konnt aber nicht. Es schnürte ihm die Kehle zu, nach so langer Zeit die Stimme seiner Tochter zu hören.

Sylvia hatte sich, nach einer heftigen Auseinandersetzung mit ihrer Mutter, völlig zurückgezogen.

Stefan hatte noch einige Male mit ihr telefoniert, aber schon kurz darauf wurde sein Anruf mit der Bemerkung *„dieser Anschluss ist leider nicht mehr verfügbar"* blockiert.

Sylvia wohnte damals in München, und Stefan hatte erwogen sie dort aufzusuchen, wovon Gudrun ihn jedoch abhielt.

„Sie muss sich erst einmal bei mir entschuldigen", so die Begründung von Stefans Ehefrau, und Stefan fügte sich, um des lieben Friedens willen.

So gestreng er mit seinen Studenten umging, so zurückhaltend verhielt er sich Gudrun gegenüber. Es war einfach so, und er hatte das auch nie hinterfragt.

„Wie geht es dir?"

Stefan spürte Sylvias Hand auf seinem Unterarm. Sie war an sein Bett herangetreten, und in ihrem Gesicht spiegelte sich tiefe Betroffenheit wider.

„Hallo Silla!"

Stefans Stimme zitterte, als er das sagte.

„Ich bin sehr froh, dass du da bist."

Sylvia beugte sich über Stefan und gab ihm einen Kuss. Sie küsste ihn auf den Mund, wie sie es seit Kindertagen getan hatte, und wie sie es auch als erwachsene Frau nicht abgelegt hatte.

„Hast du starke Schmerzen?", fragte Sylvia, und Stefan schüttelte den Kopf. Seine Stimme versagte schon wieder.

Stattdessen griff er nach Sylvias Hand. Er hielt sie ganz fest und Sylvia musste lächeln. Es erinnerte sie an ihre eigene Kindheit, als sie das Gleiche tat, wenn sie verunsichert war oder Hilfe brauchte.

„Es wird alles wieder gut, Papa", sagte Sylvia, während ihr die Tränen über die Wangen liefen.

Schweigen legte sich über zwei Menschen, die in diesem Augenblick in ihren Gefühlen verschmolzen. Es war ein Gefühl der Trauer; aber auch ein Gefühl der Freude darüber, dass sie wieder zueinandergefunden hatten.

„Kannst du mir verzeihen?", fragte Sylvia. *„Es tut mir leid, dass ich so dumm war."*

„Nicht doch", antwortete Stefan, *„wenn sich einer entschuldigen muss, dann ja wohl ich, dass ich so feige war."*

„War Mama gleich tot?"

Diese Frage traf Stefan mitten ins Herz. Sie kam aus dem Nichts und zeigte einmal mehr, wie pragmatisch Sylvia war.

Sie war schon immer so. Immer stringent, ohne Umschweife, direkt ins Zentrum des Geschehens.

„Ich kann es dir nicht sagen, Kind", antwortete Stefan nach einer kurzen Weile, *„aber ich denke, es war wohl so."*

„Es hätte noch so viel zu sagen gegeben", sagte Sylvia, *„aber nun ist es zu spät..."*

„Ach, Silla; wie hätte das gehen sollen", erwiderte Stefan, *„Feuer und Eis vertragen sich nun einmal nicht so gut."*

„Bin ich das Feuer oder bin ich das Eis?", fragte Sylvia mit Trauer in ihrer Stimme, und Stefan antwortete:

„Du bist mein kleine Silla, und ich bin sehr froh, dass ich dich habe."

„Danke, Papa!", sagte Sylvia und umarmte Stefan.

„Pass auf, dass mein Turban nicht verrutscht", sagte Stefan und brachte Sylvia damit zum Lachen.

„Du hast es schon immer verstanden, mich zum Lachen zu bringen, und dafür habe ich dich geliebt", sagte Sylvia, und Stefan antwortete:

„Ich weiß."

Die nächste Stunde verging wie im Flug. Erinnerungen aus Sylvias Kindheit wurden ausgetauscht, und die Trübsal hatte sich in Frohsinn umgewandelt.

Es klopfte an der Tür und Sigi trat ein.

„Bitte, entschuldigen Sie die Störung", sagte Sigi zu Sylvia gewandt, *„ich wollte Sie nur kurz kennenlernen."*

„Das ist Sigi, mein Selenklempner", stellte Stefan den Therapeuten vor. *„Pass auf, er ist ein rechtes Schlitzohr."*

„Glauben Sie ihm kein Wort", entgegnete Sigi, *„das sind die Medikamente, sie verwirren seinen Geist."*

Sigi streckte Sylvia die Hand entgegen und sagte:

„Es ist gut, dass Sie hier sind. Das bringt ihn auf andere Gedanken und fördert seine Heilung."

Sigi hielt noch immer Sylvias Hand in der seinen. Stefan bemerkte eine verdächtige Stille, und er glaubte gerade eben Amors Schweben durch den Raum bemerkt zu haben.

„Der Selenklempner ist ein Schürzenjäger und Erzeuger von drei unehelichen Kindern", sagte Stefan in die Stille hinein, *„und er ist ein alter Sack, wie dein Vater."*

Sylvia war überrascht ob dieser Bemerkung und wollte schon etwas erwidern, als Sigi ihr durch eine Geste bedeutete, sie möge es unterlassen.

Sie sah ihr Gegenüber schweigend an, und was sie sah, gefiel ihr. Vor ihr stand ein Mann in ihrem Alter, groß, mit einer sportlichen Figur und blauen Augen.

Sie lächelte und sagte:

„Du bist schrecklich, Papa. Dein Therapeut ist ein sympathischer, älterer Herr mit guten Manieren, was man von dir nicht gerade behaupten kann. Du solltest dich bei ihm entschuldigen."

„Ach was", erwiderte Stefan, *„Sigi weiß schon, wie das gemeint ist; nicht wahr, Sigi?"*

„Natürlich, mein Gebieter", antwortete Sigi, *„ich werde mich jetzt mit Ihrer Erlaubnis zurückziehen, damit Sie mit Ihrer reizenden Tochter plaudern können."*

Danach reichte er Sylvia seine Visitenkarte mit der Bemerkung:

„Nur für alle Fälle; wenn Sie Hilfe brauchen sollten."

„Was treibt er da, Silla?", fragte Stefan, und Sylvia antwortete:

„Es ist alles in Ordnung Papa; entspanne dich."

„*Bis später!*", sagte Sigi zu Stefan, und mit einem Augenzwinkern in Richtung Sylvia verließ er den Raum.

„*Ein netter Mann, dein Therapeut*", sagte Sylvia und fragte dann:

„*Hat er Familie?*"

„*Das weiß ich gar nicht*", antwortete Stefan, „*aber vermutlich schon. Wahrscheinlich hat er schon ein paar Enkel, denn seine Kinder müssten so in deinem Alter sein.*"

„*Wenn er denn welche hat*", entgegnete Sylvia, und Stefan sagte:

„*Warum interessiert dich das?*"

„*Nur so*", antwortete Sylvia lächelnd.

„*Erzähle, wie ist es dir ergangen?*", sagte Stefan, um das Thema zu wechseln, „*arbeitest du noch in der alten Kanzlei?*"

„*Ja*", antwortete Sylvia, „*aber inzwischen als Partner.*"

„*Das ist ja großartig*", sagte Stefan euphorisch, und in seiner Stimme schwang eine gehörige Portion Stolz mit.

„*Und privat?*", fragte Stefan weiter.

„Was meinst du? ", fragte Sylvia zurück.

„Gibt es jemand in deinem Leben oder bist du mit deiner Arbeit verheiratet? "

Sylvia antwortete nicht gleich. Ihr versponnener Blick wanderte hin zum Fenster, und vor ihren Augen erschien das Bild von Serge.

Serge Bresson war ein Musiker, den Sylvia in einer Hotelbar kennengelernt hatte. Ein Kollege hatte von dem Pianisten geschwärmt und Sylvia war neugierig geworden.

Als sie – nach einem ermüdenden Arbeitstag – die Bar aufsuchte, um sich selbst zu belohnen, nahm sie der Musiker sofort gefangen.

Seine laszive Art, wie er spielte, mit Aschenbecher auf dem Piano und Zigarette im Mundwinkel, seine schwarzen Augen und sein buschiges Haar waren die Zutaten, um jede Frau schwach werden zu lassen.

Und Sylvia wurde schwach. Ein paar Drinks, ein paar eindeutige Blicke, und der krönende Abschluss in einem Zimmer unter dem Dach.

Fortan trafen sich Sylvia und Serge regelmäßig; jetzt auch bei ihr zuhause, in einem ansprechenderen Ambiente.

Sylvia gab sich keinen Illusionen hin. Serge war kein Mann für eine Frau. Das bekam sie dann schon sehr bald zu spüren.

So sehr sie sich auch einzureden versuchte, sie könne damit zurechtkommen, es funktionierte nicht. Es gab immer öfter Streit, und sie wurden zusehends heftiger, bis Sylvia die Reißleine zog.

„*Ist dir die Frage unangenehm?*", setzte Stefan nach, als er keine Antwort bekam.

„*Nein, Papa*", antwortete Sylvia, „*ich war nur gerade in Gedanken.*"

Und nach einer kurzen Pause ergänzte sie:

„*Es gab da jemand; aber das ist vorbei.*"

„*Ich nehme an, er war verheiratet*", sagte Stefan, und Sylvia antwortete:

„*Ja, Papa, er hatte sogar zwei kleine Kinder.*"

Es hätte zu nichts geführt, hätte Sylvia ihrem Vater die wahre Geschichte erzählt.

„*Schade*", sagte Stefan, „*ein paar kleine Enkel könnte ich mir gut vorstellen.*"

„*Gleich ein paar*", scherzte Sylvia, „*was ist mit Nele? Genügt die euch nicht?*"

Sylvia erschrak, denn sie war sich in diesem Moment nicht bewusst, dass es die Mutter nicht mehr gab. Umso überraschter war sie, als sie den Vater fragen hörte:

„Wer ist Nele?"

„Euer Enkelkind", antwortete Sylvia, *„die Tochter von Thorsten und Frauke."*

„Die Kopfverletzungen müssen doch heftiger sein", dachte Sylvia in diesem Moment, *„wieso sonst wohl hätte er diese Frage gestellt."*

Stefan schaute in Richtung Sylvia, und er hätte sich am liebsten den Verband vom Kopf gerissen.

„Dieser verdammte Verband", stieß Stefan heftig hervor und trommelte mit seinen Fäusten gegen den Kopf.

Sylvia griff nach den Händen ihres Vaters.

„Hör auf, Papa", rief sie, *„Bitte, beruhige dich doch!"*

Stefan trommelte weiter gegen seinen Kopf, und Sylvia drückte auf den Alarmknopf.

Ein Arzt erschien und fragte, was denn passiert sei.

Sylvia stand nur da, unfähig zu antworten, und starrte auf ihren Vater.

Der Arzt zog eine Spritze auf und verabreichte sie Stefan. Die Wirkung zeigte sich rasch, und Stefan schlief ein.

„*Kommen Sie morgen wieder*", sagte der Arzt, „*der Patient wird bis morgen früh durchschlafen.*"

Als Sylvia das Zimmer verließ, stieß sie beinahe mit Sigi zusammen.

„*Was ist passiert?*", fragte er Sylvia, die Sigi anstarrte und unter Tränen sagte:

„*Papa hatte gerade einen Nervenzusammenbruch.*"

„*Wie ist das passiert?*", fragte Sigi ungläubig, und Sylvia antwortete:

„*Wir haben uns nur unterhalten und plötzlich...*"

Weiter kam sie nicht. Sie spürte, wie der Boden unter ihren Füßen zu wanken begann, und wie das Blut in ihren Schläfen pochte.

„*Setzen Sie sich*", sagte Sigi und bot ihr einen der Stühle auf dem Gang an. Eine vorbeikommende Schwester forderte er auf, sie möge ihm bitte ein Glas Wasser holen.

Sylvia nahm einen Schluck und Sigi fragte:

„*Geht es wieder?*"

„*Ja*", vielen Dank", antwortete Sylvia und stand auf. Sie wollte sich gerade entfernen, als Sigi sie fragte:

„Wo wollen Sie denn hin?"

„Ich weiß es nicht", antwortete Sylvia wahrheitsgemäß und wollte schon weitergehen, als Sigi sie erneut fragte:

„Haben Sie schon eine Unterkunft?"

Sylvia schaute Sigi an, so als wüsste sie nicht, was sie darauf antworten sollte.

„Sie kommen jetzt mit mir und keine Widerrede. Ich habe ein Gästezimmer und dort werden Sie schlafen."

Sylvia hatte gar nicht vor zu widersprechen. Sie trottete neben Sigi her wie ein kleines Hündchen, das willig seinem Herrchen folgt.

*****

Die Wohnung von Sigmar Fröhlich lag in der Heiligenstädterstraße, im 19. Wiener Gemeindebezirk, unweit der Donau.

Sie hatte drei Zimmer, Küche, Bad, wovon ein Zimmer als Gästezimmer fungierte. Es wurde gelegentlich von Franziska, Sigis Schwester benützt, wenn diese aus Krems kam, um einen Theater- oder Opernbesuch zu absolvieren.

„Ich richte nur kurz Ihr Bett her, und dann machen wir einen kleinen Abendspaziergang an der Donau."

Sylvia hatte während der ganzen Fahrt kein einziges Wort gesprochen, und Sigi erwähnte nur dann und wann den Namen eines Gebäudes, an welchem sie gerade vorbeifuhren.

Als Sigi damit befasst war das Bett zu beziehen, sagte Sylvia plötzlich:

„Warum machen Sie das? Sie kennen mich doch gar nicht?"

„Weil Sie Hilfe brauchen und weil Sie gerade der einsamste Mensch auf der Welt sind", antwortete Sigi.

Sylvia schaute Sigi an, der seine Tätigkeit nicht unterbrochen hatte, als er das sagte.

„Leben Sie hier allein?", fragte Sylvia, und Sigi antwortete:

„Für gewöhnlich, ja; aber heute nicht. Da habe ich wunderbare Gesellschaft, über die ich mich sehr freue."

Diese Worte ließen Sylvia für einen kurzen Moment ihre Traurigkeit vergessen, um sich Zeit für ein kleines Lächeln zu nehmen.

„So; fertig", sagte Sigi, *„und jetzt führe ich sie an die Donau, damit Sie Ihren Kopf freibekommen."*

„Glauben Sie, dass das so einfach ist?", sagte Sylvia, und Sigi antwortete:

„Das weiß ich noch nicht. Aber wir werden ja sehen. Wenn Sie sich aber lieber gleich schlafen legen wollen, so können Sie das selbstverständlich tun."

„Nein, nein", erwiderte Sylvia hastig, *„der Gedanke mit dem Spazieren gehen gefällt mir."*

Von der Wohnung waren es nur wenige Schritte bis zur Schemerlbrücke. Als sie angekommen waren, spielte Sigi den Fremdenführer.

„Die Brücke wurde nach einem Entwurf von Otto Wagner erbaut, und die beiden Löwen aus Bronze sind von Rudolf Weyr."

„Hat der Name etwas mit diesem Kleinmöbel <Schemmerl> zu tun?", fragte Sylvia, und Sigi antwortete lachend:

„Nein. Du meinst sicher <Schammerl>.

Obwohl der fälschliche Name <Schemmerlbrücke> öfter in offiziellen Texten aufgetaucht ist, ist die richtige Bezeichnung <Schemerlbrücke> und ist nach Joseph Maria Schemerl von Leythenbach, einem Architekt und Wasserbauingenieur aus Slowenien benannt."

Sigi war inzwischen mit Sylvia an der Donau angelangt. Er führte sie, vorbei am „Wiener Ruderverein", bis an Ende. Dort blieben sie stehen.

„Wir steigen in denselben Fluss und doch nicht in denselben, wir sind es und wir sind es nicht."

Sigi sagte diesen Satz, als er sah, wie Sylvia gebannt auf das Wasser starrte.

„Das klingt schön", sagte Sylvia, *„das gefällt mir. Was ist das?"*

Sigi wandte sich Sylvia zu und antwortete:

„Panta rhei; das bedeutet: Alles fließt, und ist ein Aphorismus, welcher auf den griechischen Philosophen Heraklit zurückgeführt wird."

Sylvia bekam Tränen in die Augen.

„Wenn das nur nicht so schwer wäre", sagte sie und hielt dabei ihre Hände vor den Körper, um so ihre Hilflosigkeit zu demonstrieren.

„Komm her!", sagte Sigi und streckte Sylvia seinerseits die Arme entgegen.

Sylvia ging zu Sigi und umarmte ihn.

„Halte mich", sagte sie, *„halte mich ganz fest; ich habe schreckliche Angst."*

*****

„Guten Morgen, Papa!"

Stefan schaute in die Richtung, aus welcher ihm der liebevolle Morgengruß entgegenkam.

„Weißt du nicht, wie spät es ist?", fragte Stefan vorwurfsvoll, *„es ist gleich Mittag. Aber du konntest ja schon als Kind die Uhr nicht lesen."*

Als die Antwort nicht von Sylvia kam, sondern von Sigi, war er überrascht.

„Höflichkeit ist wie ein Luftkissen; es mag wohl nichts darinnen sein, aber sie mildert die Stöße des Lebens."

„Wenn das nicht mein Selenklempner und Klug-scheißer Sigi ist", erwiderte Stefan mit einem zynischem Unterton und fragte dann:

„Ist dieser Schwachsinn von dir?"

„Nein", antwortete Sigi, *„die Herkunft ist unbekannt."*

Habt ihr euch vielleicht gegen mich verschworen?"

„Warum tust du das, Stefan?", antwortete Sigi, *„du verletzt deine Tochter ohne jeden Grund."*

„Ohne jeden Grund?", wurde Stefan jetzt lauter. *„Sie haben mich alle belogen, auch Silla."*

„*Das ist nicht wahr*", versuchte Sylvia sich zu rechtfertigen, „*ich durfte es dir nicht sagen; Thorsten hat es mir verboten.*"

„*Was hat er dir verboten?*", setzte Stefan nach, „*mir zu sagen, dass ich Großvater bin?*

Wusste deine Mutter davon?"

„*Ja, Mama wusste es*", antwortete Sylvia.

Stefan sackte in sich zusammen. Seine Aggression verwandelte sich gerade in eine tiefe Traurigkeit.

Sigi erkannte in diesem Moment, warum Stefan so aufgebracht war. Es war verletzte Eitelkeit. Und es war wohl auch die Tatsache, dass er von seiner eigenen Gattin hintergangen worden war.

„*Wie alt ist das Kind? Und wie heißt es noch einmal?*", fragte Stefan leise.

„*Sie heißt Nele und ist ein Jahr alt*", antwortete Sylvia, die sehr erleichtert war, dass ihr Vater wieder in einem normalen Tonfall mit ihr sprach.

„*War der Grund unseres Fluges vielleicht der, dass man dem alten Deppen Stefan Wenninger schonend die Wahrheit beibringen wollte?*", fragte Stefan.

„*Nein*", antwortete Sylvia, „*der Grund war ein ganz anderer.*"

„Habe ich eine kleine Chance diesen Grund zu erfahren, oder soll es ein Geheimnis bleiben, welches meine geliebte Ehefrau mit ins Grab genommen hat?"

Sylvia zuckte zusammen. Sie schaute hilflos zu Sigi. Sie war nahe daran das Zimmer zu verlassen.

„Es ist seine Hilflosigkeit", flüsterte Sigi Sylvia zu, *„du darfst dich nicht dadurch verletzen lassen."*

„Was flüstert ihr?", fragte Stefan, *„und überhaupt, was machst du hier? Das ist eine familiäre Angelegenheit und geht dich nichts an. Verschwinde!"*

„Sigi bleibt", sagte Sylvia mit fester Stimme, *„wenn er geht, dann gehe ich auch."*

„Sigi, so, so", sagte Stefan, *„höre ich da eine gewisse Vertrautheit? Hat dich der alte Sack angebaggert, wie ihr jungen Leute heutzutage zu sagen pflegt."*

„Wenn du die ganze Geschichte hören willst, dann hör auf damit, uns ständig anzugreifen. Andernfalls..."

„Andernfalls?", unterbrach Stefan Sylvia, und Sylvia antwortete:

„Andernfalls werde ich auf der Stelle dieses Zimmer verlassen und wir werden uns nie mehr wiedersehen. Dann kannst du dich in deiner Selbstgerechtigkeit und in deinem Mitleid suhlen bis zum jüngsten Tag."

„*Das war ein bemerkenswertes Plädoyer, Frau Anwalt. Chapeau!*"

Sylvia wollte auf diese Bemerkung hin das Zimmer verlassen, wurde aber von Sigi zurückgehalten. Er bedeutete ihr, sie möge sich ruhig verhalten.

Wenige Minuten später verstand sie, warum Sigi das getan hatte.

„*Komm einmal her, meine kleine Silla*", sagte Stefan überraschenderweise und streckte seine Arme in Richtung Sylvia.

Sylvia wurde spontan an ihre Kindheit erinnert. Es war ein geflügeltes Wort, welches ihr Vater gebrauchte, wenn die kleine Sylvia unglücklich war.

*****

Wenn man von der Familie Wenninger sprach, so meinte man die kleine Bilderbuchfamilie aus der Wittgensteinstraße, im dreiundzwanzigsten Wiener Gemeindebezirk.

Stefan Wenninger hatte die Tochter von Professor Hermann Stein, Chefarzt im Krankenhaus Speising, geheiratet und wohnte in der Villa seines Schwiegervaters.

Anfangs nur mäßig von seinem künftigen Schwiegersohn begeistert, gab Professor Stein mit der Zeit seinen Widerstand auf.

Zum einen, weil Gudrun, einziges Kind und Papas Liebling ihren Kopf schon immer durchzusetzen vermochte, und zum anderen, weil Mama Stein einen Narren an Stefan gefressen hatte.

Man konnte nicht ausschließen, dass Vera, die wesentlich jüngere Gattin des Herrn Professor Gefühle für Stefan hegte, die nicht zwangsläufig „comme il faut" waren.

Die Hochzeit war ein Ereignis, bei welchem honorige Gäste geladen waren, zu deren Kreisen Stefan niemals Zutritt erhalten hätte.

Als Sohn einer Arbeiterfamilie – der Vater war Hausmeister und die Mutter verdiente sich durch Bügelarbeiten etwas dazu – hatte er es geschafft sein Studium auf Lehramt erfolgreich abzuschließen.

Am Tag der Hochzeit war er ein einfacher Gymnasiallehrer, noch recht grün hinter den Ohren, aber durchaus mit Potenzial.

Und noch bevor Sylvia geboren wurde, hatte Stefan schon die Leiter des Erfolges erklommen und war einige Sprossen daran hinaufgestiegen.

Sylvia war der Liebling aller. Zumindest, wenn man, von deren Mutter Gudrun einmal absah. Vom ersten Atemzug an, erklärten Mutter und Kind einander den Krieg.

So sehr der kleine Wirbelwind bei Papa und den Großeltern handzahm war, so wenig vermochte Gudrun sie zu bändigen.

Das führte schließlich dazu, dass Gudrun psychische Probleme bekam, welche im Grunde genommen eher der Hysterie geschuldete Migräneattacken waren.

Und so kam Anneliese ins Spiel, eine junge Frau, welche die undankbare Aufgabe bekam, die kleine Sylvia zu umsorgen.

Aus Anneliese wurde schon bald „Ali", und Sylvia ließ keine Gelegenheit aus der jungen Frau ihre Grenzen aufzuzeigen.

Sie tat das nicht, weil sie Ali nicht mochte, sondern aus Protest ihrer Mutter gegenüber. Und wenn Mama wieder einmal einen ihrer hysterischen Anfälle bekam, so verbuchte Klein-Sylvia dies als einen fulminanten Erfolg.

Sylvia konnte es kaum erwarten, bis Stefan von der Schule nach Hause kam. Sie rannte ihm entgegen, fiel ihm um den Hals und küsste ihn.

Und so übernahm sie die Aufgabe, welche nach ihrer maßgeblichen Meinung eigentlich der Gattin des Vaters zugestanden hätte.

Gudruns Hass auf das Kind wuchs kontinuierlich und führte irgendwann dazu, dass sich Mutter und Kind immer mehr entfremdeten.

Gudruns Mutter, welcher diese Entwicklung nicht verborgen geblieben war, versuchte immer wieder ihren Gatten dahingehend zu beeinflussen, er möge doch mit Gudrun darüber reden.

„Das müssen die allein mit sich regeln", so der Tenor des Herrn Professor, *„ich halte mich da lieber heraus. Und du solltest das auch tun."*

Überhaupt, Vera hatte zu keiner Zeit ein Interesse daran ihrer Tochter Verhaltensmaßnahmen aufzuoktroyieren. Sie war viel zu sehr mit sich selbst beschäftigt.

Und so lief alles seinen gewohnten Gang.

Stefan verrichtete seine Arbeit am Gymnasium, Sylvia hielt Ali auf Trab, der Herr Professor rettete Menschenleben, seine Gattin gab sein Geld aus, und Gudrun pflegte ihre tägliche Migräne.

Das änderte sich schlagartig, als Thorsten geboren wurde. Es war knapp vier Jahre nach der Geburt von Sylvia.

Stefan sah darin eine Art „Geburt der Unbefleckten Empfängnis", zumal er seit über einem Jahr keinen Zutritt mehr zu Gudruns Schlafzimmer hatte.

„War es ein dummes Missgeschick oder die Rache von Gudrun an ihm und Sylvia?"

Stefan stellte sich irgendwann diese Frage, verwarf sie aber schnell wieder, denn eine Antwort, so es überhaupt eine gab, hätte nichts und niemand etwas genützt.

Mutter Gudrun war selig, als feststand, dass der kleine Wurm ein Knabe sein würde.

Und Großvater Hermann sah in Thorsten seinen würdigen und künftigen Nachfolger auf dem Thron des Chefarztes.

Die beiden Geschwister waren so sehr verschieden, wie sie unterschiedlicher nicht sein konnten. Sylvia, ein junges Fräulein mit starkem Hang zu Ordnung und Reinheit, und Thorsten, eine große Rübe vor dem Herrn.

Sylvia, welche schon sehr bald erkannte, dass ihre Mutter der ihr obliegenden Aufgabe der Erziehung ihrer Kinder eher den Rücken kehrte, als sich ernsthaft damit zu beschäftigen, beschloss diese Aufgabe selbst zu übernehmen.

Das führte dazu, dass sie ihren kleinen Bruder bei jeder sich bietenden Gelegenheit zur Ordnung rief und gegebenenfalls auch schon einmal maßregelte.

Thorsten ließ sich das gefallen; zumindest so lange, bis er kräftig genug war sich dagegen zu wehren. Da er die ersten Wochen nach seiner Geburt im Krankenhaus zubringen musste, weil er ein „Zarterl" war,[3] wies seine körperliche Entwicklung gewisse Mängel auf.

Das Kräfteverhältnis veränderte sich jedoch mit zunehmendem Alter, und irgendwann musste Sylvia schweren Herzen ihre Vormachtstellung aufgeben.

Man löste das Problem jedoch geschickt, indem man sich aus dem Weg ging und gespielte Gleichgültigkeit zelebrierte.

In Wirklichkeit mochte man sich, war jedoch nicht bereit auch nur den Anschein zu erwecken, es könnte so sein.

Als Sylvia ins Gymnasium wechselte, wurde Thorsten gerade eingeschult. Das wiederum hatte zur Folge, dass Sylvia als Gymnasiastin ihre Überheblichkeit deutlich zur Schau trug.

Sylvia war eine wahre Musterschülerin, und Thorsten kämpfte vom ersten Schultag an ums nackte Überleben. Nichtsdestotrotz beharrte Gudrun darauf, dass ihr kleiner Liebling ebenfalls das Gymnasium besuchen solle.

Dass die beiden Kinder so unterschiedlich intelligent waren, mag wohl auch auf den uneinheitlichen Erzeuger zurückzuführen gewesen sein.

---

[3] Zarterl – eine zerbrechlich wirkende Person

Als Gudrun mit Thorsten schwanger war, und Stefan sie zur Rede stellte, bot Gudrun ihm einen Handel an:

Wenn Stefan die Vaterschaft anerkennen würde, wollte Gudrun fortan eine liebende Ehefrau und Mutter sein.

Stefan willigte ein, obwohl er überzeugt davon war, dass weder das eine noch das andere jemals eintreten würde.

Er machte es nur, um den Kindern peinliche Fragen zu ersparen und damit sie sich gleichwertig fühlen würden.

Während Sylvia bis zur Matura[4] durchmarschierte, drehte Thorsten zwei „Ehrenrunden", und dass er die Matura überhaupt schaffte, glich einem Wunder, ähnlich der „Unbefleckten Empfängnis".

Als Thorsten auf La Gomera seine geistigen Wunden leckte, welche ihm die Matura-Prüfungen zugefügt hatten, hatte Sylvia schon ihre ersten Semester Jurastudium hinter sich gebracht.

Nach seiner Rückkehr verdingte sich Thorsten zunächst als Taxifahrer, um in aller Ruhe sich darüber Gedanken machen zu können, wie seine berufliche Zukunft wohl zu gestalten wäre.

---

[4] Matura – österreichisch für Abitur

Dass sein Großvater, der honorige Herr Professor Stein, in jenen Tagen das Zeitliche segnete, kann nur bedingt damit in Zusammenhang gebracht werden. Immerhin hatte er bis zum letzten Atemzug gehofft, sein Lieblingsenkel könnte irgendwann sein Nachfolger werden…

Stefan beobachtet die Entwicklung von Gudruns Sohn – als den seinen vermochte er ihn nur bedingt zu empfinden – mit großer Skepsis.

Was den wahren Erzeuger angeht, so hatte Stefan den Autowerkstattbesitzer und Squash-Partner von Gudrun, Harald „Harri" Böhmer im Verdacht.

Nicht, dass er etwas gegen diesen Zeitgenossen hatte. Er war eine Zeit lang sogar mit von der Partie. Aber der IQ von Harri war dem IQ von Thorsten doch sehr ähnlich.

Als Sylvia ihr Studium erfolgreich abgeschlossen hatte, zog sie nach München, um bei einer dortigen Kanzlei in den Beruf einzusteigen. Ihr Kommilitone Franz Gallhuber war der Sohn der Kanzlei, und er hatte sich in Sylvia verliebt.

Thorsten hatte es – nach einer erfolgreich absolvierten Kochlehre - nach Hamburg verschlagen. Zum großen Erstaunen aller war er sehr erfolgreich in seinem Beruf. Er hatte wohl seine Bestimmung darin gefunden.

Sylvia meldete sich regelmäßig bei Stefan, und Thorsten hielt losen Kontakt zu Gudrun.

Die Kinder waren aus dem Haus, welches Stefan und Gudrun mittlerweile allein bewohnten, weil Gudruns Mutter ebenfalls verstorben war, und zwischen den Eheleuten vollzog sich ein interessanter Wandel.

Waren sie all die Jahre getrennte Wege gegangen, so näherten sie sich allmählich wieder an. Gemeinsam besuchte Theaterbesuche, Konzerttermine und Reisen bewirkten etwas, was bis dahin unmöglich schien: Gudrun und Stefan waren wieder ein richtiges Ehepaar.

*****

Sylvia war nach dem Besuch bei Stefan und dessen aggressivem Verhalten ziemlich aufgewühlt.

„Ich verstehe nicht, warum Papa so wütend war“, sagte sie nach dem Verlassen des Krankenhauses zu Sigi, *„kannst du mir das erklären?“*

Sigi sah Sylvia an und antwortete:

„Das kann man nicht genau sagen; aber ich will es versuchen. Nachdem, was du mir über deine Familie erzählt hast, seid ihr alle ein sehr kompliziertes Konstrukt.“

„Da hast du wohl recht“, erwiderte Sylvia, *„dabei weißt du noch nicht alles.“*

„Willst du es mir sagen?", fragte Sigi vorsichtig.

„Vielleicht später", antwortete Sylvia, *„lass uns jetzt erst einmal nach Hause gehen."*

Die Art, wie Sylvia das sagte, freute Sigi sehr. Er hatte sich vom ersten Augenblick an in Sylvia verliebt, und dass sie seine Wohnung gerade als „zuhause" bezeichnete, freute ihn doppelt.

Sigi gab Sylvia die Wohnungsschlüssel mit den Worten:

„Nimm dir bitte ein Taxi, ich habe noch etwas zu erledigen. Ich werde aber so schnell wie möglich nachkommen."

„Lass mich nicht zu lange warten", erwiderte Sylvia und gab Sigi einen Kuss.

So normal dieser Vorgang für Sylvia schien, so sehr verlegen machte es Sigi, zumal es auf dem Flur des Krankenhauses geschah.

Seine Verlegenheit potenzierte sich, als eine Schwester im Vorbeigehen *„aber, aber, Herr Fröhlich"* sagte und dabei mit den Augen zwinkerte.

„Was war das vorhin?", fragte Sigi, als er wenige Augenblicke später vor dem Bett von Stefan stand.

Und noch bevor Stefan antworten konnte, fuhr Sigi fort:

„Ist dir überhaupt bewusst, wie sehr du deine Tochter verletzt hast? Und versuche erst gar nicht mich hinaus zu schmeißen; ich werde nicht gehen."

„Bist du fertig, Herr Therapeut?", fragte Stefan in ruhigem Ton und zur großen Überraschung von Sigi.

„Ich habe gehofft, dass du noch einmal zurückkommen wirst", fuhr Stefan fort, *„ich möchte mit dir reden."*

„Das freut mich, Stefan", erwiderte Sigi, *„das ist gut."*

Stefans Stimme hatte einen seltsamen Klang, als er begann; fast ein wenig, als wäre er dem hier und jetzt entrückt.

„Ich stehe an einem Abgrund, nur einen kleinen Schritt davon entfernt, hinunterzustürzen. Ich möchte zurückweichen und kann nicht. Ich bin wie gelähmt, mit ist kalt und ich habe Angst."

Sigi legte seine Hand auf den Arm von Stefan und sagte:

„Die menschliche Seele ist zwar sehr belastbar; aber sie hat auch ihre Grenzen. Und an einer solchen bist du gerade angelangt."

„Kannst du mir nicht helfen?", fragte Stefan.

„Helfen kannst du dir nur selbst", antwortete Sigi, *„ich kann dir zwar die Richtung zeigen, in welche du*

gehen solltest, um dich aus deinem Gefängnis zu be-
freien; aber gehen musst du allein. "

Es folgte ein längeres Schweigen. Sigi sah auf den Mann, welcher vor ihm im Bett lag, und für den er großes Mitleid empfand.

"Dann zeig mir bitte die Richtung, in welche ich gehen muss, damit das aufhört", sagte Stefan, und Sigi antwortete:

"Du solltest nicht dorthin gehen, weil du es musst", erwiderte Sigi, *"es hat nur Sinn, wenn du es wirklich willst. "*

"Das verstehe ich zwar nicht wirklich", sagte Stefan, *"aber du kannst dir sicher sein, dass ich es will. "*

"Gut", erwiderte Sigi, *"dann fangen wir damit an, dass du dich fragst, was dir wichtig ist. Und ich meine damit nicht den Klimaschutz und den Weltfrieden. "*

"Ich will mein altes Leben zurück", antwortete Stefan.

"Das geht nicht", antwortete Sigi, *"denn du bist in deinem jetzigen Leben verhaftet. Ein altes oder ein neues Leben gibt es nicht. "*

"Du weißt, dass ich das nicht so meine", erwiderte Stefan.

"Dann erkläre mir doch, wie du es meinst", sagte Sigi.

Stefan schwieg. So sehr er auch nachdachte, es fiel ihm nichts dazu ein. Sigi hatte es bemerkte und baute Stefan eine Brücke.

„Was wünschst du dir, wie sollte dein Leben aussehen?"

„Ich möchte mit meinen beiden Kindern in Harmonie sein", antwortete Stefan, und nach einer kurzen Pause fügte er noch hinzu:

„Und ich möchte, dass dieser verdammte Verband endlich wegkommt. Und noch ein wenig Klimaschutz und Weltfrieden."

Letzteres hatte er mit einem Lachen begleitet. Und plötzlich fühlte er, wie sich der enge Reifen, der sich um seine Brust gespannt hatte, aufsprang, und wie frische Luft in seine Seele eindrang.

„Du bist ein Zauberer, mein Freund", sagte Stefan zu Sigi, und er meinte jedes Wort so, wie er es gesagt hatte.

„Schön, dass du das endlich auch bemerkst", gab Sigi lachend zurück und sagte dann:

„Es hindert dich niemand daran, deine Kinder in die Arme zu nehmen und gemeinsam um Gudrun zu trauern, die ein wesentlicher Teil von euch ist und immer bleiben wird."

„Das werde ich tun, Sigi", sagte Stefan, *„darauf kannst du dich verlassen."*

„*Dann kann ich dich jetzt wohl alleinlassen*", ent-gegnete Sigi, „*denn ich habe noch ein Rendezvous mit einer bezaubernden, jungen Frau.*"

„*Aber doch hoffentlich nicht mit meiner kleinen Silla*", sagte Stefan besorgt, und Sigi antwortete:

„*Doch, doch, mein Lieber. Sylvia steht auf ältere Herren. Und ich mag junge Damen.*"

Sigi hatte das Zimmer schon verlassen, als Stefan ungeduldig den Alarmknopf malträtierte. Als die Schwester endlich kam, sagte Stefan:

„*Nehmen Sie bitte das Telefon und wählen Sie die Nummer meiner Tochter. Mein Psychotherapeut, der alte, geile Bock, will meine Tochter verführen.*"

„*Meinen Sie Herrn Fröhlich?*", fragte die Schwes-ter erstaunt, und Stefan antwortete:

„*Wen denn sonst? Oder gibt es noch andere, ältere Therapeuten in dieser Anstalt?*"

Die Schwester war verunsichert. Die Bezeichnung „alter, geiler Bock" für den Therapeuten Sigmar Fröh-lich schien ihr doch sehr unpassend.

„*Sie wissen schon, dass Ihr Therapeut noch jung ist?*", fragte sie unsicher, und Stefan antwortete:

„*Wie jung?*"

„So ganz genau weiß ich das gar nicht", antwortete die Schwester, „aber sicher noch keine vierzig."

„Waas?", rief Stefan entsetzt, „so ein Mistkerl."

„Sagen Sie mir jetzt die Telefonnummer Ihrer
Tochter?", fragte die Schwester, welche immer noch
den Hörer in der Hand hielt.

„Das hat sich gerade erübrigt", erwiderte Stefan,
„vielen Dank Schwester. Und bitte vergessen Sie, was
ich über Herrn Fröhlich gesagt habe."

*****

„Ich freue mich, dass du da bist", sage Sylvia.

„Das ist lieb von dir", antwortete Sigi, „es tut mir
leid, dass es etwas länger gedauert hat."

„War viel Verkehr?", fragte Sylvia und Sigi antwortete:

„Nein, ich hatte noch ein wichtiges Gespräch mit
einem Patienten."

„Ich hoffe, es hat etwas gebracht", sagte Sylvia.

Sigi musste lächeln, als er antwortete:

„*Ich denke schon; ich bin mir sogar ziemlich sicher.*"

„*Hättest du Lust auf ein Glas Wein?*", fragte Sigi. „*Wir könnten zu einem Heurigen in der Nähe gehen.*"

„*Ein Glas Wein wäre schön*", antwortete Sylvia, „*aber ich würde es viel lieber zu Hause mit dir trinken.*"

Sigi fühlte, wie eine wunderbare Wärme seine Seele streichelte. Sylvia hatte schon wieder von „zu Hause" gesprochen.

„*Fühlst du dich wohl bei mir?*", fragte er vorsichtig, und Sylvia antwortete mit einem leuchtenden Lächeln:

„*Das müsstest du eigentlich schon längst bemerkt haben, Herr Psychotherapeut. Du kannst doch Menschen lesen; das ist doch dein Beruf.*"

„*Nicht aber, wenn man diesen Menschen liebt*", antwortete Sigi.

Sylvia umarmte Sigi und küsste ihn mit einer solchen Leidenschaft, wie er das in seinem bisherigen Leben noch niemals gefühlt hatte.

„*Ja, ich fühle mich so wohl bei dir, als wäre ich hier zu Hause, und ja, ich liebe dich auch.*"

„*Können wir den Wein auch etwas später trinken?*", fragte Sigi, und Sylvia meinte: „*Danach?*"

Sigi nickte. Er nahm Sylvia auf seine Arme und trug sie ins Schlafzimmer. Sie entkleideten sich ganz behutsam, und dann liebten sie sich auf eine gefühlvolle und zärtliche Weise, so, als wollten sie, es möge niemals enden.

Es war nicht so, wie Sigi es bisher gekannt hatte. All seine Liebschaften in der Vergangenheit waren von reiner Lust geprägt, welche auf schnelle Befriedigung drängte. Ein schnell loderndes Feuer, welches ebenso schnell wieder erloschen war.

Aber das Verschmelzen mit Sylvia war nicht weniger lustvoll; aber mit dem Unterschied, dass die Liebe ihre Flügel über sie gebreitet hielt.

„Das war wunderschön", sagte Sylvia. Sie hielt sich dicht an Sigi geschmiegt. *„Ich glaube, ich habe das noch nie so erlebt."*

„Mir geht es genauso", erwiderte Sigi, und nach einer kurzen Pause:

„Könntest du dir vorstellen dein Leben mit mir zu teilen?"

„Auf keinen Fall", antwortete Sylvia, *„das geht nicht."*

„Warum nicht?", fragte Sigi enttäuscht.

„Weil mein Leben nicht geteilt werden würde, sondern vielmehr verdoppelt!"

Es dauerte einen kleinen Moment, bis Sigi aus seiner kurzweiligen Enttäuschung entfliehen konnte, um die wunderbaren Worte zu verstehen, welche Sylvia gerade gesagt hatte.

„Du darfst mich nie mehr so erschrecken", sagte Sigi und küsste Sylvia wieder und wieder.

„Ich bekomme keine Luft mehr", entgegnete Sylvia lachend, *„und denke künftig daran, was du sagst. Ich bin schließlich Anwältin und achte sehr auf das gesprochene Wort."*

„Ich liebe dich", sagte Sigi, *„dagegen kannst du nur schwer etwas einwenden."*

„Das hatte ich auch gar nicht vor", antwortete Sylvia, *„und jetzt hätte ich gern etwas zu essen und zu trinken."*

„Es gibt da nur ein kleines Problem", sagte Sigi, *„der Kühlschrank ist stark unterbesetzt."*

„Das macht doch nichts", erwiderte Sylvia, *„dann lassen wir uns eben eine Pizza kommen. Pizza ist die perfekte „Sättigungsbeilage" für Rotwein."*

„Du hast einen sehr speziellen Humor", sagte Sigi, *„ich glaube, ich mag ihn."*

Nachdem sie ihre Pizza gegessen hatten, was mit viel Lachen verbunden war, wandelte Sigi die bis dahin gelöste Stimmung in eine große Ernsthaftigkeit um.

„Du hast mir vorhin im Krankenhaus angedeutet, dass ich noch nicht alles wüsste, was deine Familie betrifft", sagte Sigi, *„möchtest du vielleicht jetzt darüber reden?"*

Sylvia schaute Sigi mit entsetztem Blick an.

„Wie kannst du diesen wunderschönen Augenblick so zerstören?", sagte sie mit tränenerstickter Stimme, *„das ist grausam."*

„Es tut mir leid", antwortete Sigi, *„das wollte ich nicht."*

Sigi fühlte sich durch die heftige Reaktion von Sylvia ein wenig verunsichert. Er wagte dennoch einen weiteren Versuch.

„Ich hatte gedacht, es könnte dir vielleicht guttun darüber zu reden; aber das war wohl falsch..."

Sylvia sah in das Gesicht von Sigi, und sie erkannte seine Hilflosigkeit, welche sich darin widerspiegelte.

„Der Schnitt war nur ein wenig zu heftig", sagte Sylvia, *„aber wenn du das immer noch möchtest, dann können wir das tun."*

„Bist du dir ganz sicher?", fragte Sigi zaghaft, und Sylvia antwortete:

„Du bist zwar ein miserabler Therapeut; aber der liebenswerteste, den ich mir vorstellen kann."

Damit war das Eis gebrochen, und Sylvia erzählte den Rest einer traurigen Geschichte, deren Anfang Sigi bereits kannte.

„Thorsten hat Frauke vor zwei Jahren in seinem Lokal kennengelernt. Es war Liebe auf den ersten Blick.

Es passierte bei einer Feier anlässlich der Verleihung seines ersten Sterns. Frauke war in Begleitung eines Journalisten mitgekommen."

„Thorsten ist ein Sterne-Koch?", unterbrach Sigi Sylvia überrascht, und Sylvia antwortete:

„Ja, sogar noch mit Potenzial nach oben. Er hat ihn in seinem eigenen Lokal erkocht."

„In seinem eigenen Lokal?", fragte Sigi, dessen Erstaunen gerade noch mehr zunahm.

„Es heißt <Wenninger-Stuben> und liegt im Süden Hamburgs", antwortete Sylvia.

„Mein Gott", entfuhr es Sigi, *„es wird ja immer besser."*

„Die beiden waren füreinander geschaffen", erzählte Sylvia weiter, *„noch am selben Abend feierten Thorsten und Frauke Verlobung, und ein halbes Jahr später haben sie geheiratet.*

Und als sich dann noch ein Kind ankündigte, schien das Glück vollkommen zu sein."

„*Warum* <*schien*>?", fragte Sigi, und Sylvia bekam Tränen in den Augen, als sie antwortete:

„*Frauke bekam während der Entbindung eine Fruchtwasserembolie und ist daran gestorben.*"

„*Das ist ja schrecklich*", sagte Sigi. Er wollte nach Einzelheiten fragen, zögerte aber. Sylvia kam ihm zuvor, indem sie ihm erklärte, was das bedeutet.

„*Eine Fruchtwasserembolie ist eine Sonderform einer Embolie, bei der während der Entbindung Fruchtwasser, einschließlich seiner festen Anteile, über die Gebärmutter in den mütterlichen Kreislauf eindringt.*

Das ist eine von den Geburtshelfern gefürchtete Notsituation und kommt sehr selten vor. In den meisten Fällen endet sie tödlich; so auch bei Frauke."

Das Schildern dieser Tragödie setzte Sylvia sehr zu. Ein heftiger Weinkrampf war die Folge. Sigi nahm sie in den Arm und hielt sie fest.

„*Das ist eine schlimme Tragödie. Ich weiß nicht, wie man als Betroffenen damit fertig werden kann.*"

„*Thorsten hat sich in dieser Situation großartig verhalten*", fuhr Sylvia nach einer längeren Pause fort.

„*Er hat Nele ohne irgendwelche Ressentiments angenommen, obwohl das in seiner Situation gar nicht so selbstverständlich war.*"

„Ich weiß, was du meinst", antwortete Sigi, *„und niemand hätte ihm einen Vorwurf machen können, wenn er das Kind zunächst abgelehnt hätte.*

Wusste deine Mutter davon?", fragte Sigi, *„denn dein Vater wusste es offensichtlich ja nicht."*

„Ja", antwortete Sylvia, *„sie und Thorsten standen ja in ständigem Kontakt."*

„Wie war das möglich, ohne dass euer Vater davon Wind bekam", fragte Sigi und Sylvia antwortete:

„Seit Papa im Ruhestand ist, geht er jeden Donnerstagvormittag in ein Kaffeehaus, um mit einem Freund Schach zu spielen.

Das ist die Zeit, in welcher Mutter und Sohn miteinander telefonieren. Und das Woche für Woche. Außer wenn Heiligabend und Silvester auf einen Donnerstag fallen."

Sigi musste lächeln, und er freute sich, als er sah, wie Sylvia ebenfalls lächelte.

„Eines verstehe ich dennoch nicht", sagte Sigi nach einer kurzen Weile. *„Wieso ist dein Vater am Tag der Katastrophe eigentlich mit deiner Mutter im Flugzeug nach Hamburg gesessen?*

Wäre da nicht alles aufgeflogen?"

„Ja, schon", antwortete Sylvia, *„aber das war ja der Plan."*

„*Ich verstehe es noch immer nicht*", legte Sigi nach, „*wieso gerade zu diesem Zeitpunkt?*"

„*Weil Nele am nächsten Tag ein Jahr alt geworden ist, und weil Thorsten und seine Mutter das zum Anlass nehmen wollten meinem Vater alles zu erzählen.*"

„*Und du glaubst, das wäre einfach so gegangen?*", fragte Sigi voller Skepsis. „*Ich kenn deinen Vater zwar nur kurz; aber ich habe da die heftigsten Zweifel.*"

Sylvia sah Sigi an. Sie zuckte mit den Schultern, als Zeichen ihrer Unsicherheit, und Sigi fragte weiter:

„*Wer hat Nele das ganze Jahr über betreut? Thorsten wird ja wohl keine Zeit dafür gehabt haben.*"

„*Die Eltern von Frauke*", antwortete Sylvia, „*sie haben sich rührend um Nele gekümmert. Und Thorsten hat Nele in jeder freien Minute besucht.*"

„*Wie soll das jetzt weitergehen?*", fragte Sigi, und Sylvia antwortete:

„*Ich werde Papa alles beichten.*"

„*Das geht nicht*", erwiderte Sigi.

„*Und warum nicht?*", fragte Sylvia erstaunt, und Sigi antwortete:

„*Das würde dein Vater zum jetzigen Zeitpunkt noch nicht verkraften. Schon gar nicht, solange er die Augen verbunden hat.*"

„*Aber was können wir sonst tun?*", fragte Sylvia, und ihr Gesichtsausdruck und die Tatsache, dass sie „wir" gesagt hatte, spiegelten ihre ganze Hilflosigkeit wider.

„*Ich kann morgen nicht vor seinem Bett stehen und so tun, als wäre alles in Ordnung*", sagte Sylvia und begann erneut zu weinen.

„*Das brauchst du auch nicht zu tun*", antwortete Sigi, „*du wirst solange hierbleiben, bis Stefan keinen Kopfverband mehr tragen muss. Ich werde ihn morgen besuchen und ihm sagen, dass du kurzfristig nach München zurückmusstest, weil ein Kollege krank geworden ist und du seine Vertretung übernehmen musst.*"

„*Und sage ihm auch, dass es um einen Prozess geht, bei welchen nur mein Kollege und ich die Akten kennen; das macht die Geschichte glaubhafter*", fügte Sylvia noch schnell hinzu.

„*So machen wir das*", bestätigte Sigi. Er nahm ihr Gesicht zwischen seine Hände, gab ihr einen Kuss und sagte:

„*Hab keine Angst mein Liebling. Du wirst sehen, alles wird gut.*"

*****

85

Stefan erschrak ein wenig, als er eine Hand spürte, die ihn sanft an der Schulter rüttelte. Er nahm die Kopfhörer ab und sagte:

„Bist du das, Sylvia?", und als er nicht gleich eine Antwort bekam, fragte er weiter:

„Oder bist du es, Sigi?"

„Nein, Herr Stefan", kam endlich die Antwort, *„ich bin es, Schwester Elfi. Ich hoffe, ich habe sie nicht erschreckt."*

„Elfi", sagte Stefan freudig, *„das ist aber eine nette Überraschung. Ich freue mich sehr."*

„Ich wollte sie aber nicht stören, Herr Stefan", erwiderte Elfi, *„ich wollte nur kurz nach Ihnen schauen, bevor ich nach Hause gehe."*

„Sie stören doch nicht, liebe Elfi", sagte Stefan, und das Gefühl großer Freude schwang deutlich erkennbar in seiner Stimme mit.

„Ich dachte nur", erwiderte Elfi, deren Freude ebenso deutlich hörbar war, *„weil Sie gerade Musik hören."*

„War es so laut, dass Sie das - trotz Kopfhörer - hören konnten?", fragte Stefan erstaunt, und Elfi nickte.

„Richard Strauss", fuhr Stefan fort, *„da braucht man schon ordentlich Lautstärke auf den Ohren. Kennen Sie Richard Strauss?"*

„Nein", antwortete Elfi fast ein wenig entschuldigend, *„nur dem Namen nach."*

„Ich höre gerade >Tod und Verklärung>, das ist eine symphonische Dichtung", sagte Stefan, und als seitens Elfi keine Reaktion kam, erklärte er weiter:

„Das ist unbeschreiblich schön. Es handelt von einem Sterbenden, der schlimme Schmerzen hat. Sein Leben zieht in Bildern vor seinem geistigen Auge vorüber.

Seine Kindheit wird ebenso, wie seine Jünglingszeit mit all dem Drängen seines aufblühenden Körpers, und schließlich dem sich nähernden Tod, in Tönen und in Harmonien musikalisch dargestellt.

Es ist so einzigartig, so perfekt, dass man jede Phase mitzuerleben glaubt. Ein Wechselspiel von adagio zu accelerando, von appassionato zu dolente, von fortissimo bis hin zum zarten pianissimo, alles dient dem Erzähler als Mittel für die Wiedergabe einer unbeschreiblichen Geschichte.

Als dann die Todesstunde naht, wird diese in den süßesten Tönen gezeichnet, und man könnte meinen, man würde der Seele nachschauen, wie sie sanft in die unendlichen Weiten des Weltenraumes entschwebt."

Elfi hatte Stefan wie gebannt zugehört. So hatte sie diesen Mann noch nie erlebt, so voller Gefühl, voller Hingabe.

„Das ist wunderschön", sagte Elfi ergriffen, so, als habe sie gerade selbst Richard Strauss gehört.

„Aber auch sehr traurig", fügte sie noch hinzu.

„Ja, das stimmt", sagte Stefan, *„aber es gibt auch einen anderen Richard Strauss, einen, der auch heitere Sachen gemacht hat.*

„Ich denke da an <Till Eulenspiegels lustige Streiche>, ebenfalls eine Tondichtung. Da kann man förmlich heraushören, welche Possen dieser Schelm aufgeführt hat.

Oder an den <Rosenkavalier>, eine musikalische Komödie, dessen Libretto von keinem geringeren stammt als von dem österreichischen Schriftsteller Hugo von Hofmannsthal."

„Das habe ich schon gehört und gesehen", warf Elfi eifrig ein.

„In der Oper oder im Radio?", fragte Stefan, und Elfi antwortete:

„Im Fernsehen."

„Im Fernsehen?", fragte Stefan heftig, *„im Fernsehen? Man kann doch keine Oper am Fernsehapparat konsumieren. Das ist ja schrecklich."*

Da war er wieder, der alte Stefan Wenninger, der Schwester Elfi wohl vertraut war. Sie wollte schon entgegnen, dass nicht jeder sich einen Opernbesuch leisten kann; auch wenn er das vielleicht gern einmal möchte, ließ es aber sein.

„Wenn ich das hier überlebe, liebe Elfi", sagte Stefan, *„dann gehen wir beide in die Oper und hören uns den „Rosenkavalier" an. Und vorher gehen wir soupieren, wie sich das gehört."*

Elfi schaute auf den Mann, der in seinem Bett lag, noch immer den Kopfhörer in seinen Händen haltend, aus welchem – einmal lauter, einmal leiser – Strauss'sche Musik hervorquoll, und der erwartungsvoll seinen Kopf in ihre Richtung hielt.

„Das wird nicht gehen, Herr Stefan", sagte Elfi mit einem mitleidigen Lächeln. Es fiel ihr ein wenig schwer, das zu sagen, zumal sie ebendiesen Mann nicht seiner euphorischen Stimmung entreißen wollte.

„Wieso nicht?", fragte Stefan, der seinerseits die Antwort von Elfi nicht nachvollziehen konnte.

„Ist es, weil ich schon so alt bin?", hinterfragte er die unerwartete Absage, und Elfi antwortete:

„Es wäre nicht angebracht, und außerdem hätte ich nicht die passende Garderobe dafür."

„Unsinn", schmetterte Stefan diesen Einwand ab, *„natürlich würde es passen, und selbstverständlich würde ich für die passende Garderobe einstehen."*

„Ich glaube, es ist besser, wenn ich jetzt gehe", sagte Elfi, die sich gerade nicht sehr wohl in ihrer Haut fühlte.

„Sie bleiben hier, Elfi!", erwiderte Stefan in einem Ton, der keinen Widerspruch zuließ.

„Wir machen jetzt da weiter, wo wir vor Tagen aufgehört haben."

Und bevor Elfi dieser kryptischen Ansage auf den Grund gehen konnte, fuhr Stefan fort:

„Wir trinken jetzt ein Glas Rotwein, und dieses Mal werden wir ihn nicht verschütten. Sie wissen ja, wo der Wein steht.

Also schenken Sie uns ein, und dann stoßen wir auf einen gemütlichen Opernabend an, den Sie niemals vergessen werden."

Elfi ging wie ferngesteuert auf das Tischchen zu, auf welchem mehrere Flaschen „Heldenblut" standen, nahm eine Flasche und goss zwei Gläser ein.

Dann ging sie damit zum Bett des Patienten, reichte ihm eines der Gläser und harrte der Dinge.

Stefan erhob sein Glas, hielt es Elfi entgegen, und nach einem heftigen Anstoßen, erklangen die folgenschweren Worte:

„Jetzt trinken wir erst einmal Brüderschaft."

Elfi tat, wie geheißen und wie in Trance nahm sie die von Stefan dargereichten Lippen zum Kuss an.

*****

Stefan war sehr enttäuscht, als Sigi ihm mitteilte, dass Sylvia auf unbestimmte Zeit zurück nach München musste.

„Warum kann das kein anderer Kollege machen?", fragte er Sigi, *„oder kam es Sylvia sogar gelegen?"*

„Du kannst es einfach nicht lassen", erwiderte Sigi, *„warum musst du immer Menschen vor den Kopf stoßen, die dich lieben?"*

„Wieso glaubst du eigentlich, dass mich überhaupt jemand liebt?", sagte Stefan, und seine ganze Verbitterung schwang in seiner Stimme mit.

„Meine Frau hat mich von A bis Z belogen, mein Sohn ist verheiratet und hat sogar ein Kind; und ich weiß es noch nicht einmal. Und meine Tochter flüchtet nach München, weil sie den Anblick ihres hilflosen Vaters nicht ertragen kann.

Und jetzt kommst du mir und sprichst von Menschen, die mich lieben. Das ist ein guter Witz, ein sehr guter sogar, mein treuer Sigi."

„*Ich gehe lieber, bevor mir schlecht wird*", antwortete Sigi, „*dann kannst du dich in deinem Selbstmitleid suhlen bis zum Sankt-Nimmerleins-Tag.*"

„*Das mach ich auch, Herr Therapeut. Da ja offenbar niemand Mitleid mit mir hat, muss ich das eben selber machen.*"

„*Du hast doch überhaupt keine Ahnung*", erwiderte Sigi, ging hinaus und knallte die Tür hinter sich zu. Seine Schläfen pochten, und er drohte fast daran zu ersticken, weil er am liebsten den wahren Grund von Sylvias Fernbleiben laut hinausgeschrien hätte.

Sigi hinterfragte zum ersten Mal sein Tun. Er war sich nicht sicher, ob er sich gerade wirklich professionell verhalten hatte.

Er nahm sich für den Rest des Tages frei und fuhr zur Donau, um dort seinen Kopf wieder freizubekommen.

*****

„*Guten Morgen, mein Lieber; heute ist der große Tag.*"

Die Worte aus dem Mund von Professor Fromm klangen wie Musik in Stefans Ohren.

Seit dem letzten Besuch von Sigi waren ein paar Tage vergangen. Stefan hatte Schwester Elfi immer wieder nach Sigi gefragt, aber dieser hatte sich wegen Krankheit entschuldigen lassen.

„Ist der Herr Fröhlich auch da?", fragte Stefan ängstlich. Der heftige Disput mit Sigi hatte Stefan eine schlaflose Nacht bereitet.

Nun hatte er Angst, Sigi wäre vielleicht nicht dabei, wenn der Verband abgenommen werden würde. Und das wäre schrecklich für Stefan, denn er brauchte doch unbedingt die seelische und moralische Stütze von seinem Therapeuten.

„Ich bin da, Herr Wenninger", kam die erlösende Stimme von Sigi.

Stefan wollte gerade fragen, warum Sigi ihn auf so eine kühle, ja fast abweisend scheinende Art angesprochen hatte, als der Professor ihm dazwischenfunkte:

„Dann wollen wir einmal. Sind Sie bereit, Herr Wenninger?"

Stefan hauchte ein JA. Er fühlte sich gerade sehr einsam und verlassen.

„Schwester, nehmen Sie bitte den Verband ab!"

Stefan spürte, wie die Hand der Schwester sich an seinem Verband zu schaffen machte.

„Bist du das, Elfi?", flüsterte Stefan so leise, dass es von den Umherstehenden niemand hören konnte.

„Keine Angst, Herr Wenninger, ich bin ganz vorsichtig", kam die Antwort, und Stefan empfand eine große Erleichterung, hatte er doch gerade zweifelsfrei die Stimme von Schwester Elfriede Baumann erkannt.

Die beiden waren - nach der Verbrüderungsaktion vor einigen Tagen – wieder zu „Herr Stefan" und „Elfi" zurückgekehrt, und Stefan wusste nicht so recht, warum das so war.

„Noch einen kleinen Augenblick, dann haben wir es", sagte Schwester Elfi, und der Herr Professor fügte noch schnell hinzu:

„Lassen Sie die Augen noch einen kleinen Moment geschlossen, wenn der Verband entfernt ist. Ich werde Ihnen dann sagen, wann Sie die Augen öffnen können."

Stefan bemerkte, wie das Licht durch die geschlossenen Lider drang, nachdem der Verband entfernt worden war. Angst befiel ihn in diesem Augenblick. Es war die Angst davor, ob er überhaupt wieder sehen würde.

„Jetzt!"

Das Kommando des Professors erklang, nachdem er die Verletzungen augenscheinlich begutachtet hatte.

„Trauen Sie sich, Herr Wenninger", setzte der Professor nach, als Stefan seiner Aufforderung nicht gleich nachgekommen war.

Stefan nahm allen Mut zusammen. Er öffnete millimeterweise seine Augen und erschrak. Obwohl das Zimmer abgedunkelt war, erschien ihm alles viel zu grell.

Er schloss die Augen sofort wieder, und die Gedanken rannen wie wild durch seinen Kopf.

„Haben Sie keine Angst, Herr Wenninger", sagte der Professor mit aufmunternder Stimme, *„die Augen sind etwas verklebt. Schwester Elfriede wird Ihnen jetzt etwas eintropfen, dann geht es besser."*

Sigi hörte die Worte, folgte ihnen aber nicht.

„Vertraue mir und öffne deine Augen!"

Es war die Stimme von Elfi. Elfi hatte sich ganz nah zu Stefan hin gebeugt und diese wunderbaren Worte gesagt.

„Du bist mir nicht böse?", flüsterte Stefan leise, und Elfi antwortete ebenso leise:

„Nur, wenn du jetzt nicht endlich deine Augen öffnest."

Stefan war glücklich. Die Tränen, welche ihm gerade über die Wangen rollten, hatten keinen eindeutigen Ursprung. Waren es die Tropfen, welche Elfi ihm gefühlvoll in die Augen gleiten ließ oder ein Ausdruck großer Rührseligkeit? Wer weiß das schon.

„Wie viele Finger sehen Sie?"

Es war die Stimme des Professors, welcher Stefan die gespreizten Finger seiner Hand entgegenhielt.

Stefan antwortete nicht. Er konnte seine Augen einfach nicht von dem Wesen abwenden, dessen Stimme er zwar kannte, aber dessen Antlitz ihm bisher verborgen geblieben war.

So sah sie also aus, die liebe Schwester Elfi: Geschätzte ein Meter sechzig groß, vollschlank, kurze, braune Haare und etwas jenseits der fünfzig.

Das Schönste an dieser Frau war jedoch ihr Lächeln, welches sie geradewegs in das Herz von Stefan schickte.

„Versuchen Sie es noch einmal", forderte der Professor Stefan erneut auf, jetzt mit einer etwas eindringlicheren Stimme.

„Was, bitte?", erwiderte Stefan, sehr zum Erstaunen des Professors.

„Nun, Sie sollen mir bitte sagen, wie viele Finger Sie sehen", bemühte sich der Professor geduldig zu bleiben.

„Fünf", kam die erlösende Antwort, *„ich sehe fünf Finger, und einer ist schöner als der andere."*

Ein befreites Lachen der Anwesenden umrahmte das erfolgreiche Ergebnis des fulminanten Sehtests.

„Habe ich Ihnen nicht gesagt, dass wir das wieder hinbekommen?", lobhudelte der Herr Professor und sah sich in der Runde nach Bestätigung um.

Ein allgemeines Kopfnicken, verbindliches Lächeln und verhaltener Applaus rundeten das Geschehnis ab, und dann rauschte der Herr Professor mit seinem Gefolge bei der Tür hinaus.

Lediglich zwei Personen blieben zurück. Die eine davon war Stefan wohlvertraut, hingegen die andere für ihn fremd.

„Wer sind Sie?", fragte Stefan den jungen Mann, *„und wo ist Herr Fröhlich?"*

Der junge Mann trat mit einem breiten Grinsen auf Stefan zu und sagte:

„Hallo Stefan, ich bin der alte Sack mit den drei unehelichen Kindern."

Stefan starrte den jungen Mann an, als wäre ihm ein Geist erschienen.

„Du bist mein Seelenklempner Sigi?", fragte er völlig entgeistert. Und nachdem er sich von dem Schock erholt hatte, fügte noch hinzu:

„Du bist wirklich ein Scheißkerl."

„Ich weiß, Stefan", antwortete Sigi, *„aber das Gerücht um mein Alter und meinen zweifelhaften Charakter hast schließlich du in die Welt gesetzt."*

Jetzt mussten die drei herzlich lachen. Elfi hatte die Szene beobachtet und wohl auch ein wenig genossen.

„So, jetzt ist es genug für den Moment", sagte Elfi, ihrer beruflichen Plicht nachkommend, *„der Patient bedarf der Ruhe."*

„Jetzt verderbe uns doch nicht den Spaß", sagte Sigi, und Elfi entgegnete:

„Stefan muss seine Augen noch schonen. Sie müssen sich erst wieder langsam an das Licht gewöhnen."

Als Stefan das hörte, fiel ihm auf, dass seine Augen ein wenig schmerzten.

„Ich glaube, Elfi hat recht", sagte er, *„aber heute Abend treffen wir uns hier und machen Party."*

„Das geht doch nicht", erwiderte Elfi, und Stefan sagte:

„Natürlich geht das. Es liegt im Interesse der Klinikleitung, dass sich der Promi-Patient, der ich nun einmal bin, wohlfühlt und sich nicht aufregt. Und wenn ihr nicht kommt, dann rege ich mich auf und mache einen riesen Aufstand."

*****

Sylvia hatte Sigi schon sehnsüchtig erwartet.

„Wie ist es gelaufen?", fragte sie ängstlich, *„kann Papa wieder sehen?"*

„Ja", antwortete Sigi, *„alles ist gut. Aber der schwierigste Teil steht ihm noch bevor."*

„Was meinst du damit?", fragte Sylvia.

Sigi sah Sylvia eindringlich an und sagte:

„Wenn du ihm die Wahrheit sagst, die ganze Wahrheit."

„Ich habe Angst, ihm das zu sagen", erwiderte Sylvia.

„Das verstehe ich", sagte Sigi, *„vielleicht fängst du damit an, dass du ihn anrufst, um ihn zu fragen, wie es ihm geht und ihm sagst, dass du in ein paar Tagen wieder zurück bist."*

„Warum erst in ein paar Tagen?", fragte Sylvia, und Sigi antwortete:

„So bleibt noch ein wenig mehr Zeit, in welcher sich sein Zustand stabilisieren kann."

„Das ist eine gute Idee", sagte Sylvia, *„ich bin sehr froh, dass du bei mir bist."*

„Und ich bin sehr froh, dass du hier bist", erwiderte Sigi, *„ich muss aber später noch einmal weg."*

„Das ist sehr schade, ich hatte mich schon auf einen gemütlichen Abend mit dir gefreut", sagte Sylvia fast ein wenig wehmütig.

„Das holen wir morgen nach, mein Liebling", erwiderte Sigi, „der heutige Abend gehört deinem Vater."

„Wieso meinem Vater?", fragte Sylvia erstaunt, „braucht er seelischen Beistand?"

„Den brauche eher ich", antwortete Sigi lachend.

„Jetzt versteh ich gerade überhaupt nichts mehr", sagte Sylvia und schaute Sigi verständnislos an.

„Du hast doch Schwester Elfriede kennengelernt", begann Sigi zu erklären, und nachdem Sylvia das bejaht hatte, fuhr er fort:

„Dein Vater hat sie und mich dazu verdonnert mit ihm heute Nacht Party zu machen."

„Party?"

Sylvia hatte ihre Augen weit aufgerissen, als sie das Wort wiederholte.

„Du hast schon richtig verstanden", antwortete Sigi, „und bevor du weiterfragst, das verstößt gegen alle Richtlinien des Krankenhauses."

„Und du machst das trotzdem mit?", fragte Sylvia, „und auch diese Schwester Elfriede?"

100

„Ja, mein Schatz", antwortete Sigi mit ernster Miene, *„der Wunsch eines VIPs ist heilig und es ist ihm mit allen Mitteln nachzukommen. "*

„Du bist ja verrückt", sagte Sylvia, und Sigi antwortete:

„Ja, nach dir. Ich werde jetzt gehen, und ich würde mich sehr freuen, wenn du noch wach wärst, wenn ich wieder zurück bin. "

*****

Stefan hatte bei einem renommierten Feinkostladen ein kleines Buffet für drei Personen bestellt, und dazu ein paar Flaschen Champagner.

Am frühen Abend bekam er noch Besuch von Professor Fromm, der noch einmal eindringlich betonte, wie großartig man an seinem Krankenhaus gearbeitet hatte, um den Patienten bestmöglich zu behandeln.

„Ich kann Ihnen gar nicht genug danken, verehrter Professor", erfüllte Stefan die Erwartung seines Besuchers, der sich in schlecht gespielter Bescheidenheit übte.

„Das war nicht ich allein, mein Lieber, das war das ganze Team. "

„Ich weiß, Herr Professor", erwiderte Stefan, „und ich möchte zwei Personen besonders hervorheben."

„Ach ja?", sagte der Professor, und seine kleinen Äuglein funkelten vor Neugierde.

„Ja, verehrter Herr Professor", antwortete Stefan, „es handelt sich um Schwester Elfriede, eine begnadete und fürsorgliche Krankenschwester, die über eine große Feinfühligkeit und ein ebenso großes Einfühlungsvermögen verfügt."

„Und wer ist die zweite Person?", fragte der Professor.

„Das ist der Psychotherapeut, Herr Fröhlich", antwortete Stefan, „eine Kapazität auf seinem Gebiet. Ich bin sicher, dass ich Ihnen damit nichts Neues sage, und dass Ihr gesamtes Krankenhauspersonal von Ihnen mit fachkundiger Hand ausgesucht worden ist."

„Nicht alle, Herr Wenninger", antwortete der Professor mit süßem Lächeln, „das würde ja gar nicht gehen. Aber einige schon, wie Schwester Elfriede und Herr Wenninger."

„Das habe ich mir gedacht", erwiderte Stefan. Aber dass er in diesem Moment auch gedacht hatte, dass der Herr Professor ein wenig geschwindelt hatte, ließ er unausgesprochen.

„Nur noch ein paar wenige Tage in unserer Klinik und dann können wir Sie entlassen", wurde der Professor nun dienstlich.

„Das können Sie mir nicht antun", sagte Stefan, *„ich bin doch noch gar nicht richtig geheilt. "*

„Keine Sorge, mein Lieber", erwiderte der Professor, *„natürlich wird man sich weiter um Sie kümmern; aber nicht hier. Wir verlegen Sie nach Baden, wo Sie mit Ihrer Reha beginnen werden. "*

Stefan musste daran denken, was die Verlegung mit sich bringen würde. Er würde von Elfi und Sigi getrennt.

Die Trennung von Sigi, so traurig sie wäre, würde er verschmerzen können; aber die Trennung von Elfi?

„Bedrückt Sie etwas? ", fragte der Professor.

Sigi antwortete nicht gleich. Ein verwegener Gedanke schoss ihm durch den Kopf.

„Ich gehe doch wohl recht in der Annahme, dass es noch eine geraume Zeit in Anspruch nehmen wird, bis ich wieder vollständig mobil sein werde. "

„Das ist wohl so, Herr Wenninger", antwortete der Professor, *„aber das gibt sich mit der Zeit, Sie werden schon sehen. "*

„Vor wenigen Tagen hat mich ein Journalist vom <STERN> angerufen, um einen Termin für ein Inter-

view auszumachen", sagte Stefan und blickte erwartungsvoll zu dem Professor.

„Meinen Sie diese deutsche Zeitung?", fragte der Professor, und Sigi antwortete:

„Ja, und es geht wohl auch um das Fernsehformat <STERN-TV>, wenn Ihnen das etwas sagt."

Der Professor nickte zaghaft mit dem Kopf, was sowohl für JA als auch für NEIN stehen konnte.

„Wenn ich nun dem Journalisten sagen könnte, dass Sie mir großzügigerweise und zum Wohle Ihres berühmten Patienten zwei ihm vertraute Personen mit zu der Reha geben würden, was meinen Sie?

Hätte das nicht eine große Werbewirkung, sowohl für Ihre Klinik als auch für die Reha-Einrichtung in Baden zur Folge?"

Der Professor überlegte einen kurzen Augenblick und sagte dann:

„Ich fürchte, das wird nicht gehen, Herr Wenninger. Allein schon aus verwaltungstechnischen Gründen."

„Das ist schade", antwortete Stefan, *„und auch ein wenig problematisch. Ich habe voreilig dem Journalisten von dieser Idee erzählt, und er zeigte sich begeistert.*

Er meinte, dass so eine Geschichte beim Leser und eventuell ja auch beim Fernsehpublikum gut ankommen würde…"

Der Professor kam ins Schwitzen. Er schwamm wie ein Karpfen vor einem Köder hin und her, unentschlossen, ob er diesen schlucken sollte oder nicht.

„Ich könnte ja einmal bei der Verwaltung und den Kollegen in Baden vorfühlen, ob ein solches Prozedere nicht doch zur Anwendung gebracht werden könnte", sagte der Professor.

Stefan jubelte innerlich. Der Karpfen hatte seinen Köder geschluckt. Und dass es keinen Kontakt mit dem >STERN> gegeben hatte, würde der Herr Professor irgendwann schon erfahren.

Dass sich Stefan hingegen in diesem Punkt irrte, konnte er zu diesem Zeitpunkt nicht wissen. Die Presse war sehr wohl an seinem Fall interessiert und hatte auch schon entsprechende Anfragen an die Verwaltung des Krankenhauses gestellt.

Diese waren aber abgelehnt worden, mit der Begründung, dass eine Kontaktaufnahme erst möglich sein könnte, wenn der Patient stabil genug wäre. Aber das hingegen wusste der Herr Professor nicht.

Er wünschte Stefan noch eine angenehme Nachtruhe und dann verließ er den euphorisch gestimmten Patienten.

Nur ein wenig später trafen die Partygäste ein. Sie staunten nicht schlecht, als sie sahen, was Stefan für sie vorbereitet hatte.

Stefan hatte das kleine Buffet mit einem Tuch bedecken lassen, was den Herrn Professor noch vor Kurzem immer wieder veranlasste, seinen Blick dorthin zu wenden.

Es war deutlich zu sehen, wie sehr er sich beherrschen musste, um nicht danach zu fragen, was wohl unter dem Tuch verborgen wäre.

Elfi und Sigi sahen mit großen Augen auf all die Köstlichkeiten. Kaviar, Lachs, Pasteten, Austern, feinster Schinken und Champagner, viel Champagner.

„Wahnsinn", so der spontane Kommentar von Sigi, *„wer soll denn das alles essen und trinken?"*

„Wir natürlich, meine lieben Freunde", antwortete Stefan, *„und was wir nicht schaffen, das nehmt ihr nachher mit nach Hause."*

„Ich habe noch nie Champagner getrunken", sagte Elfi, als sie das Glas in der Hand hielt, um nach dem ersten Schluck lachend hinzuzufügen:

„Das schmeckt mir, und das kitzelt so in der Nase."

Stefan und Sigi lachten ebenfalls. Ein ganz besonderer Geist erfüllte den Raum, es war unbeschreiblich. Sigi hatte fürsorglich außen an der Tür ein Schild mit der Aufschrift „*Bitte nicht stören*" angebracht, um zu verhindern, dass irgendwer – durch lautes Lachen aufmerksam gemacht – hereinkommen könnte.

Die drei Freunde delektierten sich an all den Köstlichkeiten und sprachen auch dem Champagner reichlich zu.

„*Ich muss euch eine traurige Mitteilung machen*", sagte Stefan plötzlich, „*ich werde euch in ein paar Tagen verlassen.*"

Elfi und Sigi schauten Stefan erwartungsvoll an. Als sie beide nicht nach dem Warum fragten, ergänzte Stefan:

„*Ich werde nach Baden zur Kur abgeschoben. Ist das nicht schrecklich?*"

„*Das sind ja nur ungefähr fünfzig Kilometer von hier*", spendete Sigi Trost, „*und nur eine knappe Stunde Fahrt mit dem Auto.*"

Stefan war ein wenig enttäuscht von Sigis Reaktion. Er schaute erwartungsvoll zu Elfi, und er glaubte, Tränen in ihren Augen zu entdecken.

„*Was sagst du dazu, meine Liebe?*", fragte Stefan erwartungsvoll, und Elfi antwortete:

„*Das ist sehr schade; aber es war abzusehen. Du musst ja wieder fit gemacht werden, damit du endlich aus dem Bett und dem Rollstuhl kommst.*"

Es war nicht ganz die Reaktion, welche sich Stefan gewünscht hatte, aber allemal besser als die von Sigi.

„Werdet ihr mich dort auch besuchen?", fragte er nun, und beide bekundeten unisono, dass sie das unbedingt tun würden.

Von seinem Plan, sie mitzunehmen nach Baden, sagte Stefan nichts. Er wollte erst einmal abwarten, was der Herr Professor erreichen würde.

„Aber jetzt lasst uns nicht Trübsal blasen", überspielte Stefan die kleine Enttäuschung und erhob sein Glas. Und schon nach wenigen Minuten war die alte Stimmung wieder hergestellt.

Es war wohl gegen Mitternacht, und der Alkoholspiegel hatte schon einen beträchtlichen Level erreicht, als Stefan aus dem Nichts heraus die Frage stellte:

„Bin ich ein Monster? Vor wenigen Wochen habe ich meine Frau verloren, und jetzt sitze ich hier mit euch und vergnüge mich bei gutem Essen und Champagner, und ich habe mich in eine andere Frau verliebt."

Elfi und Sigi schauten sich an. Hilflosigkeit stand in ihre Gesichter geschrieben. Sigi hatte zwar schon eine Vermutung diesbezüglich, aber das Stefan das gerade laut gesagt hatte, erstaunte ihn doch ein wenig.

Hingegen nahezu geschockt von dieser Aussage war Elfi. Dass Stefans Gefühle für sie eine solche Dimension hatte, das war ihr nicht bewusst.

Betretenes Schweigen legte sich auf die drei Personen, welche noch vor wenigen Augenblicken völlig losgelöst gefeiert hatten.

Ein jeder wünschte sich, es möge jemand irgendetwas sagen; aber nichts geschah.

„Ich glaube, wir machen jetzt Schluss", fasste sich Sigi endlich ein Herz.

„Vielen Dank, Stefan, für das tolle Fest und all die Köstlichkeiten!"

Stefan nickte und antwortete:

„Ich danke euch, dass ihr mit mir gefeiert habt. Es bedeutet mir sehr viel. Und bitte, nehmt die Reste mit, damit morgen früh alles weg ist."

Sigi trat zu Stefan und umarmte ihn.

„Um auf deine Frage zurückzukommen, du bist kein Monster. Und was die Liebe angeht, so sucht sie sich ihren eigenen Weg. Das ist auch gut so, und man sollte sie gewähren lassen."

Dann wandte er sich an Elfi und fragte:

„Kommst du mit?"

„Geh schon einmal vor", antwortete Elfi, *„ich bringe nur noch Stefan schnell in sein Bett."*

Elfi schüttelte das Kopfkissen auf und dann half sie Stefan vom Rollstuhl zurück in sein Bett. Stefan ließ Elfi gewähren. Als er im Bett lag und nachdem Elfi ihn zugedeckt hatte, sah er sie an und sagte:

„Ich weiß, es war dumm von mir, dass ich das gesagt habe, bitte verzeih mir!"

„Da gibt es nichts zu verzeihen", erwiderte Elfi, *„es sei denn, du hast nicht gemeint, was du gesagt hast."*

„Und ob ich das gemeint habe, mein Liebling", antwortete Stefan beseelt, *„ich habe mich in dich verliebt und ich hoffe, du empfindest auch etwas für mich."*

„Das tue ich, du närrischer Kerl", erwiderte Elfi, *„und jetzt schließe deine Augen und schlafe. Und ich bin – ebenso wie Sigi – der Meinung, dass du kein Monster bist; nur ein wenig verrückt."*

Dann gab sie Stefan einen langen Kuss, wünschte ihm eine gute Nacht, packte die restlichen Lebensmittel ein, welche Sigi ihr übrig gelassen hatte und nahm eine Flasche Champagner in die Hand.

„Die hebe ich mir als Erinnerung an den verrücktesten Tag in meinem bisherigen Leben auf."

*****

Der nächste Tag hielt einige Überraschungen für Stefan parat.

Am späten Vormittag kam Professor Fromm vorbei, um Stefan mitzuteilen, dass die Klinikleitung der Bitte ihres prominenten Patienten nur bedingt zustimmen könne.

„Der Psychotherapeut, Herr Fröhlich, wäre unabkömmlich, es sei denn, dass für ihn ein adäquater Ersatz besorgt werden würde.

Und was die Krankenschwester, Frau Baumann, angehe, so könnte man der Bitte zustimmen, jedoch ohne die Weiterzahlung ihres Gehalts.

Sie wäre dann quasi eine Art private Pflegerin, für deren Unterhalt der Patient selbst zuständig wäre. Zudem müsste noch das Einverständnis der Rehaklinik in Baden eingeholt werden."

Stefan hatte den Ausführungen des Professors aufmerksam zugehört. Als dieser am Ende war, schaute er mit gequältem Blick erwartungsvoll zu Stefan und fügte noch entschuldigend hinzu:

„Es tut mir sehr leid, Herr Wenninger; aber glauben Sie mir, ich habe alles versucht."

„Das sind keine sehr erquicklichen Neuigkeiten", erwiderte Stefan. Dass er auf Sigi verzichten musste, war zwar bedauerlich, aber nicht wirklich schlimm.

Indes, dass er Elfi mitnehmen könnte, erfreute ihn sehr. Einziges Problem wäre da nur noch die Frage der Bezahlung.

„Bevor ich es vergesse, mein Lieber", sagte der Professor, *„im Laufe des Tages wird ein gewisser Herr Dr. Sprüngli Sie besuchen kommen; das ist ein Herr der Schweizer Fluggesellschaft. "*

Danach wünschte der Professor seinem Patienten noch einen *„schönen Tag"* und entschwand.

Als Dr. Enzo Sprüngli gegen Mittag das Zimmer betrat, wusste Stefan sofort, um wen es sich handelte:

Schnauzer, ordentlich gekämmtes Haar und ein tadellos sitzender Anzug. In seiner linken Hand eine Aktentasche haltend und am rechten Handgelenk erkennbar, eine Schweizer Präzisionsuhr.

„Grüß Gott, Herr Wenninger! Erlauben Sie, dass ich mich Ihnen vorstelle: Dr. Enzo Sprüngli, Leiter der Rechtsabteilung von der Schweizer Fluggesellschaft <G.A.S.>.

Darf ich mich höflich nach Ihrem Wohlbefinden erkundigen? Ich hoffe doch sehr, dass es tüchtig mit Ihnen bergauf geht. Ihrem blendenden Aussehen nach zu urteilen, ist das zweifellos der Fall. Oder irre ich mich da? "

Den letzten Satz hatte der Herr Sprüngli mit einem kleinen Lacher ausgeschmückt, um eine geneigte Atmosphäre zu schaffen.

„Guten Tag, Herr Sprüngli", erwiderte Stefan den Gruß seines Besuchers. *„Was mein Wohlbefinden betrifft, so ging es mir vor dem schrecklichen Unfall durch Ihre Gesellschaft wesentlich besser."*

Damit hatte sich die „geneigte Atmosphäre" mit einem Schlag verabschiedet. Der Herr aus der Schweiz zuckte zusammen und sagte:

„Das ist mir wohl klar, verehrter Herr Wenninger, und es tut der Gesellschaft und natürlich auch mir von ganzem Herzen leid."

„Vielen Dank für Ihre mitfühlenden Worte", erwiderte Stefan, der plötzlich Morgenluft witterte.

„Sie haben sich ja auch redlich bemüht, was meinen Aufenthalt in dieser Klinik betrifft", begann Stefan das noch heiße Eisen zu schmieden, *„aber ich werde demnächst in eine Reha-Einrichtung verlegt und das macht mir große Sorge."*

„Wie das, Herr Wenninger?", fragte Herr Sprüngli, *„wenn ich helfen kann, dann scheuen Sie sich nicht es mir mitzuteilen."*

Stefan sah in das Gesicht seines erwartungsvoll schauenden Gegenübers. Dann wagte er den entscheidenden Vorstoß:

„Seit ich hier bin, werde ich von einer äußerst kompetenten Schwester betreut. Durch ihren unermüdlichen Einsatz bin ich schon so weit gekommen.

Ich habe die Klinikleitung gebeten, sie möge mir diese Frau auch während meines Reha-Aufenthaltes zur Seite stellen; aber es wurde abgelehnt.

Seit ich das weiß, falle ich wieder in meine Depression zurück, und ich habe keine Lust mehr weiterzumachen."

„*Das darf auf keinen Fall sein, Herr Wenninger"*, sagte Herr Sprüngli augenblicklich, „*da muss man doch etwas machen können."*

Herr Sprüngli war an Stefans Bett herangetreten und packte ihn sanft bei der Schulter. Stefan hatte sich zur Seite gedreht, um dem Gesagten das nötige Gewicht zu verleihen.

Stefan drehte sich zurück auf den Rücken und sah in das besorgte Gesicht von Herrn Sprüngli.

„*Das verdammte Geld"*, sagte Stefan, „*es geht doch immer wieder nur um das verdammte Geld."*

„*Was meinen Sie damit, Herr Wenninger?"*, fragte Herr Sprüngli, und Stefan antwortete:

„*Frau Baumann dürfte mich begleiten; aber ich müsste ihr Gehalt aus eigener Tasche bezahlen."*

„*Wer ist jetzt gleich wieder Frau Baumann?"*, fragte Herr Sprüngli verwirrt.

„*Frau Baumann ist die besagte Krankenschwester, diese gute Seele"*, antwortete Stefan.

"Aber das ist doch überhaupt kein Problem, Herr Wenninger", sagte Herr Sprüngli freudestrahlend, *"das Salär für diese Dame übernimmt selbstverständlich die <G.A.S>, das ist doch sonnenklar; oder?"*

"Wirklich, Herr Sprüngli?", erwiderte Stefan in gekonnt heuchlerischer Manier, *"das wäre ja wunderbar."*

Nachdem er das gesagt hatte, verfiel Stefan wieder in seine alte Traurigkeit zurück. Herr Sprüngli, dem das nicht entgangen war, sagte:

"Sie freuen sich ja gar nicht, Herr Wenninger. Hat es da noch etwas? Nur heraus damit!"

"Die Leitung der Reha-Klinik in Baden könnte zum Problem werden", antwortete Stefan, *"sie müsste ihr Einverständnis dazu geben."*

"Auch das werde ich regeln, mein Lieber", antwortete Herr Sprüngli und tätschelte Stefan dabei aufmunternd die Hand.

Stefan ergriff die Hand seines Besuchers wie ein Ertrinkender und sagte:

"Sie geben mir meine Lebensfreude wieder zurück, Herr Sprüngli. Ich weiß gar nicht, wie ich Ihnen danken soll."

"Indem Sie schnell wieder ganz gesund werden, mein Lieber", antwortete Herr Sprüngli und tätschelte ein weiteres Mal die Hand von Stefan.

„Kann ich sonst noch etwas für Sie tun?", fragte Herr Sprüngli, und Stefan reizte seine guten Karten voll aus, indem er antwortete:

„Ein, zwei Kartons <Heldenblut> wären wunderbar. Ich habe das Gefühl, dass mir dieses köstliche Getränke sowohl körperlich als auch seelisch einfach guttut."

„Wird unverzüglich veranlasst, Herr Wenninger", erwiderte Herr Sprüngli, und als er kurz darauf das Zimmer verließ, tat er es in dem Bewusstsein, dass er seinen Arbeitgeber mehr als würdig vertreten hatte.

*****

Als Elfi am frühen Nachmittag das Zimmer betrat, fand sie Stefan in bester Laune vor und mit aufgesetzten Kopfhörern.

Stefan bedeutete ihr, sie möge doch näher kommen. Als sie nahe genug war, hielt er ihr die eine Muschel seines Kopfhörers hin und schaute sie erwartungsvoll dabei an.

„Das ist wunderschön", sagte Elfi. Sie hörte gerade eine Passage aus dem 1. Satz des Violinkonzerts in D-Dur op. 77 von Johannes Brahms.

Es war der Moment, in welchem die Geige – nach einer Kadenz - in einem wunderbaren Pianissimo mit den Bläsern sich in schwebenden Höhen befindet.

„Ist das auch Richard Strauss?", wagte Elfi – sehr zum Entsetzen von Stefan – einen Versuch.

„Um Gottes willen nein", antwortete Stefan, *„das ist Johannes Brahms. Das ist eine Aufnahme mit den Wiener Philharmonikern im Wiener Konzerthaus.*

Die Aufnahme stammt aus dem Jahr 1982 mit Gidon Kremer als Solist und Leonhard Bernstein als Dirigent."

„Bist du immer noch überzeugt davon, dass du mit mir irgendwann in die Oper gehen willst?", fragte Elfi voller Zweifel.

„Aber ja", antwortete Stefan lachend, *„ich werde dir bis dahin zwar einiges beibringen müssen; aber das wird schon."*

„Du hast darum gebeten, dass ich zu dir kommen soll", sagte Elfi, *„was möchtest du von mir?"*

„Dass du dich freust, mein Schatz", antwortete Stefan, *„denn ich habe Frohe Botschaft für dich."*

„Da bin ich aber einmal neugierig", erwiderte Elfi.

Stefan ließ sich Zeit. Er wollte ein wenig Spannung aufbauen.

Elfi saß auf dem Rand des Bettes, wie das Kaninchen vor der Schlange und darauf gespannt, wann diese endlich zubeißen würde.

„Ich werde diese gastliche Stätte ja demnächst verlassen", begann Stefan genüsslich sein Geheimnis zu lüften, *„und du wirst mich begleiten."*

„Wie soll das gehen?", fragte Elfi ungläubig, und Stefan antwortete:

„Ich habe schon alles in die Wege geleitet. Die Klinikleitung gibt ihren Segen dazu und die <G.A.S>. finanziert deinen Urlaub in Baden."

Elfis Augen wurden immer größer. Sie brauchte eine Weile, bevor sie begriff, was Stefan gerade zu ihr gesagt hatte.

Stefan überbrückte die Zeit, indem er hinzufügte:

„Ich bekomme ein großes Zimmer mit einem angrenzenden, kleineren Zimmer und einer Verbindungstür.

Du bist meine Betreuerin, die mich hegt und pflegt, mich zu meinen Termin kutschiert und mir des Nachts das Bettchen wärmt."

Ein breites, genüssliches Grinsen unterstrich deutlich erkennbar die herrlichen Aussichten, welche gerade in Stefans Kopfkino über die Leinwand flimmerten.

„*Und wenn ich das alles gar nicht will?*", fragte Elfi in einem Ton, welcher Stefan stutzig werden ließ, und seine Fröhlichkeit mit einem Wisch hinwegfegte.

Elif hatte es bemerkt und sagte mit einem Lächeln:

„*Natürlich mache ich das; ich komme gern mit. Aber über das <Bettchen wärmen> müssen wir noch reden.*"

Jetzt lachten beide. Stefan war erleichtert. Er hielt Elfis Hand und er drückte sie ganz fest.

„*Nicht so fest*", sagte Elfi, „*du tust mir ja weh.*"

„*Entschuldige bitte*", erwiderte Stefan, „*ich bin halt nur so froh, dass du mitkommst.*"

„*Dann werde ich jetzt einmal gehen und die Koffer packen*", erwiderte Elfi und Stefans Fröhlichkeit beeilte sich augenblicklich den Rückweg wieder anzutreten.

„*Fast hätte ich es vergessen*", sagte Elfi, als sie schon bei der Tür angekommen war, „*deine Tochter hat dich mehrmals versucht anzurufen; aber sie hat dich nicht erreicht.*"

„*Durch die Kopfhörer muss ich das wohl überhört haben*", sagte Stefan, „*ich werde sie gleich zurückrufen.*"

„*Das ist nicht nötig*", erwiderte Elfi, „*ich soll dir ausrichten, dass sie dich am Abend besuchen kommt.*"

„*Aber ich kann sie doch trotzdem anrufen*", sagte Stefan.

„*Eher nicht*", erwiderte Elfi, „*als sie mich angerufen hat, war sie kurz davor in ihr Flugzeug zu steigen. Sie wird wohl gerade in der Luft sein.*"

„*Komm bitte noch einmal zu mir her*", sagte Stefan.

Als Elfi zum Bett kam, gab Stefan ihr einen langen Kuss und sagte dann:

„*Ich liebe dich, mein Schatz, und ich danke dir, dass du meinem Leben einen neuen Sinn gibst.*"

*****

Als Sylvia mit Sigi im Auto saß, auf dem Weg zum Spital, fragte sie:

„*Wird mein Vater es verkraften, wenn ich ihm die ganze Geschichte von Thorsten erzähle?*"

„*Da bin ich mir ganz sicher*", antwortete Sigi.

„*Und wieso?*", fragte Sylvia.

„*Weil er verliebt ist und weil er glücklich ist*", antwortete Sigi.

120

„*Papa ist verliebt?*", fragte Sylvia überrascht, „*in wen?*"

„*Du kennst sie*", antwortete Sigi, „*es ist die Krankenschwester, Frau Baumann.*"

„*Ist das nur ein Flirt oder ist da mehr dahinter?*", fragte Sylvia weiter.

„*Ich denke, es ist wohl mehr als ein Flirt*", sagte Sigi und schaute zu Sylvia.

Obwohl es nicht sehr hell war im Inneren des Fahrzeugs, konnte Sigi durch die Lichter der Stadt, welche ins Innere fielen, erkennen, dass Sylvia sehr ernst geworden war.

„*Stört dich das?*", fragte er vorsichtig.

Sylvia dachte nach. Ihr war bewusst, dass die Ehe ihrer Eltern seit Jahren nur mehr eine Zweckgemeinschaft war.

Der dauernde Zwist zwischen Vater und Sohn hatte Spuren hinterlassen. Wie der stete Wassertropfen den Stein aushöhlt, so höhlte auch dieses Zerwürfnis ihre Ehe aus.

Und nun sollte sich ihr Vater in eine Frau verliebt haben, welche er erst seit ein paar Wochen kennt? Und das so bald nach dem tragischen Unfalltod ihrer Mutter?

„*Du sagst gar nichts?* ", holte Sigi Sylvia aus ihren Gedanken heraus. „*Bin ich dir zu nahe getreten?* "

„*Nein, nein* ", antwortete Sylvia, „*es ist alles gut. Es ist nur so, dass ich mich erst auf diese neue Situation einstellen muss.* "

„*Findest du es pietätlos, dass dein Vater sich einer neuen Liebe zuwendet, obwohl deine Mutter erst vor Kurzem gestorben ist?* "

Sylvia dachte eine Weile über Sigis Frage nach. Dann antwortet sie:

„*Darüber möchte ich mir kein Urteil erlauben, das ist allein Papas Angelegenheit.* "

„*Kannst du ihm vergönnen, dass er glücklich ist?* ", fragte Sigi, und Sylvia antwortete ohne zu zögern mit JA.

„*Das freut mich* ", sagte Sigi, „*das wird deinem Vater sehr helfen.* "

Sylvia sah Sigi an.

"*Wie meinst du das* ", fragte sie erstaunt. „*Warum soll das meinem Vater helfen?* "

„*Weil er sich selbst hinterfragt hat, ob er ein Monster wäre* ", antwortete Sigi. „*Es hat ihn sicher Überwindung gekostet sich diese Liebe zu erlauben.* "

„*Und was meinst du?*", fragte Sylvia, „*ist mein Vater ein Monster?*"

„*Ein Mensch, der reinen Herzens liebt, mag vieles sein; aber er ist ganz gewiss kein Monster*", antwortete Sigi.

Sylvia lehnte ihren Kopf an Sigis Schulter.

„*Wir sind da*", sagte er ein paar Minuten später. „*Auf in den Kampf!*"

„*Hallo, Papa!*"

„*Hallo, mein Engel*", erwiderte Stefan den Gruß seiner Tochter.

So hatte er sie lange nicht mehr genannt. Sylvia war überrascht, als Stefan sie so begrüßte. Seit sie aus dem elterlichen Haus ausgezogen war, nannte er sie nur noch „Silla".

„*Ich freue mich, dass du da bist*", sagte Stefan, „*gib deinem alten Vater einen Kuss.*"

Und wieder war Sylvia überrascht. An diese Bitte konnte sie sich überhaupt nicht mehr erinnern; so lange war das schon her.

„*Ich freue mich auch, Papa*", sagte sie und gab Stefan einen Kuss.

„*Wie war es in München?*", fragte Stefan, und zum Entsetzen von Sigi antwortete Sylvia:

„Ich war nicht in München."

„Aber wo warst du dann?", fragte Stefan, und Sylvia antwortet:

„Ich war überhaupt nicht fort, ich war die ganze Zeit über hier in Wien."

Stefan sah seine Tochter verständnislos an.

„Wieso hast du gelogen, Silla?", fragte er, und in seinem Gesicht war Enttäuschung zu lesen.

„Weil ich Angst hatte", antwortete Sylvia, und Tränen traten ihr in die Augen.

„Angst?", wiederholte Stefan, *„aber wieso, um alles in der Welt, hattest du Angst vor mir?"*

„Nicht vor dir, Papa", antwortete Sylvia.

„Aber vor wem oder was denn sonst?", fragte Stefan aufgeregt.

„Ich hatte Angst, weil ich nicht wusste, wie du reagieren würdest, wenn ich dir die ganze Wahrheit sage", antwortete Sylvia.

„Noch mehr Lügen?", fragte Stefan, und der Grad seiner Erregtheit bereitete Sigi gerade ernsthaft Sorgen.

Sylvia begann zu schluchzen. Sie stand auf und sagte:

124

„Ich habe es gewusst. Es war keine gute Idee. "

Dann stand sie auf und rannte aus dem Zimmer. Sigi folgte ihr und hielt sie auf. Als er Schwester Elfi sah, die in diesem Augenblick vorbei kam, bat er sie, sie möge sich um Sylvia kümmern.

„Bitte, kümmere dich um Sylvia, ich komme gleich wieder. Ich muss nur schnell etwas geraderücken. "

Elfi bat Sylvia ihr zu folgen und auf einer Bank Platz zu nehmen.

„Ich bin gleich wieder bei Ihnen", sagte Elfi, „ich hole nur einen Tee für Sie. Der wird ihnen guttun. "

Als sie wieder zurück war, reichte Elfi Sylvia den Tee mit den Worten:

„Er ist zwar kein Allheilmittel; aber er wärmt. "

Sylvia nahm einen Schluck und schaute dann die Schwester genauer an.

„Sie sind die Frau, in die sich mein Vater verliebt hat. "

Elfi war überrascht von der direkten Art der jungen Frau, sie das zu fragen.

„Ja, die bin ich wohl", antwortete Elfi mit einem feinen Lächeln, *„Ihr Vater und ich haben auf eine seltsame Art und Weise zueinandergefunden. "*

Sylvia hatte bis noch vor wenigen Minuten keine Vorstellung darüber, wie es sein würde der Geliebten ihres Vaters Aug in Aug gegenüber zu treten.

Und jetzt war dieser Moment gekommen, und Sylvia empfand sofort eine große Sympathie für diese Frau.

Eine tiefe innere Ruhe ergriff von Sylvia Besitz, und es störte sie auch nicht, dass Elfi ihre Hand genommen hatte und sie festhielt.

„Hat Ihnen mein Vater von mir erzählt?"

„Nein, und das ist auch gut so", antwortete Elfi, *„das können Sie irgendwann selbst tun, sofern Sie das überhaupt möchten.*

Und von Ihrem Bruder und Ihrer Familie weiß ich auch nichts."

Elfi lächelte. Sie mochte diese junge Frau.

„Sigi wird das schon richten, dort drinnen", sagte Elfi und deutete in Richtung Stefans Zimmer. *„Er ist ein ausgezeichneter Therapeut."*

„Und ein lieber Mensch", ergänzte Sylvia, der dies gerade herausgerutscht war, und sie fühlte, wie ihr die Wärme in die Wangen stieg.

„Das auch", fügte Elfi hinzu, *„ich mag ihn auch sehr."*

Sigi ging im Zimmer auf und ab. Es brodelte in ihm, und er musste sich sehr beherrschen nicht die Fassung zu verlieren.

„Du kannst es noch immer nicht lassen."

„Was meinst du?", fragte Stefan in aggressivem Ton.

„Die Menschen zu verletzen, die dich lieben. Und bevor du mir wieder mit der alten Leier <mich mag ja eh niemand> kommst, hörst du mir gefälligst zu:

Es war meine Entscheidung, dass Sylvia diese Ausrede gebraucht hat, weil ich der Überzeugung war, dass du mehr Stabilität brauchen würdest, bevor sie dir die tragische Geschichte von Thorstens kleiner Familie erzählt.

Heute war ich nun der Meinung, dass du die Geschichte verkraften würdest. Aber ich habe mich geirrt.

Du hast dich eher zurückentwickelt in eine kleinkindliche Phase, in welchem sich das Kind am Boden wälzt, wenn nicht alle nach seiner Pfeife tanzen.

Ich bin nah daran, hinauszugehen, Sylvia an der Hand zu nehmen, und sie so weit wie möglich von dir fortzubringen."

„Das habe ich doch nicht gewusst", sagte Stefan betroffen, und Sigi fuhr fort:

„Ich bin noch nicht fertig. Du lässt Menschen nie zu Ende reden, gerade so wie eben auch wieder, weil du ja alles im Vorhinein weißt.

Hättest du Sylvia vorhin erklären lassen, warum sie nicht in München war, dann müssten wir dieses Gespräch jetzt nicht führen."

„Welches Gespräch?", sagte Stefan mit viel Bedacht, *„meinst du deinen Monolog?"*

Sigi wollte seine Strafpredigt weiterführen, wurde aber durch das grinsende Gesicht von Stefan daran gehindert.

„Du bist ein schrecklicher Mensch", sagte Sigi, *„warum verplempere ich nur meine Zeit mit einem so hoffnungslosen Fall."*

„Weil du mich liebst, mein treuer Sigi", sagte Stefan. *„Du hast mit allem recht, was du gesagt hast, und ich gelobe Besserung. Aber jetzt hole mir mein kleines Mädchen wieder, ich möchte mich bei ihr entschuldigen."*

„Sie ist kein kleines Mädchen mehr, sie ist eine erwachsene Frau und verdient deinen Respekt", erwiderte Sigi, und Stefan antwortete:

„Jawohl, Herr Therapeut, Und jetzt geh und hole sie!"

Stefan schüttelte den Kopf. Er wusste nicht, ob er den Disput fortsetzen sollte oder nicht. Er entschloss sich für Ersteres und holte Sylvia.

Sylvia trat nur zaghaft an das Bett von Stefan heran. Der ungute Vorfall von vorhin lastete noch schwer auf ihrer Seele.

„Ich bin ein alter Esel", begann Stefan mit seiner Entschuldigung, *„und es tut mir unsäglich leid, dass ich dich so verletzt habe."*

Stefan sah zu Sigi, als wolle er ein Zeichen der Absolution durch ihn erhalten; aber Sigi tat ihm den Gefallen nicht. Vielmehr bedeutete er Stefan mit Gesten, er möge fortfahren.

„Mein Engel", setzte Stefan neu an, *„ich möchte dich bitten deine Geschichte weiterzuerzählen, und ich verspreche dir, ich werde dich auch nicht unterbrechen."*

Dieses Mal nickte Sigi zustimmend und Sylvia begann zu erzählen. Sie schilderte ihrem Vater das ganze Ausmaß einer familiären Katastrophe.

Stefan hatte aufmerksam zugehört. Als er gehört hatte, welche schwere Bürde auf den Schultern seines Sohnes Thorsten lastete, fühlte er, wie es ihm die Kehle zuschnürte.

Der Wunsch seinem Sohn nahe sein zu können, tat sich plötzlich in ihm auf, und für den Augenblick war aller Groll wider Thorsten verschwunden.

Er fragte sich, wie es dazu kommen konnte, dass er sein eigen Fleisch und Blut so sehr hasste, und er musste die Frage zulassen, die sich ihm gerade aufdrängte:

„War es immer nur die Eifersucht, die mich so sehr hassen ließ?"

Stefan schaute von Sylvia zu Sigi und wieder zu Sylvia zurück. Er wollte etwas sagen, konnte aber nicht.

Dann weinte er. Es musste sehr lange her sein, dass er solche Gefühle erlebte; denn das Weinen tat ihm körperlich weh. Es war, als suchten die Tränen einen Weg nach draußen, aber der Weg war ihnen versperrt.

Doch dann löste sich alles. Stefan weinte hemmungslos, und mit ihm seine Tochter Sylvia.

Sie umarmten einander, und selbst Sigi, der ein Stück weiter wegstand, fühlte, wie seine Augen feucht wurden.

Nach einer Weile sagte Stefan zu Sylvia:

„Glaubst du, ich habe noch eine Chance, dass Thorsten mit mir spricht?"

Sigi nahm Sylvia die Antwort ab, denn sie zögerte ein wenig, da sie sich nicht sicher war, was sie sagen sollte:

„Es gibt immer eine Chance; man muss sie nur ergreifen."

Sylvia sah mit dankbarem Blick zu Sigi. Und das Gefühl, dass sie sich noch nie so geborgen bei einem Menschen fühlte, wie bei Sigi, wuchs gerade wieder ein großes Stück.

Sie ging zu Sigi und küsste ihn. Es war ihr egal, was ihr Vater davon halten würde. Sie wollte keine Geheimnisse mehr haben; nie mehr.

„Ich habe so etwas geahnt", sagte Stefan, als er das sah, *„ihr seid ein Paar, habe ich recht?"*

„Ja, Papa, ich liebe diesen Mann so sehr, wie ich noch nie einen Menschen zuvor geliebt habe."

Und dann sagte Stefan etwas, was Sylvia und Sigi gleichermaßen erstaunte:

„Das ist eine sehr gute Wahl, mein Engel."

*****

Die nächsten Tage verliefen sehr harmonisch. Sigi und Sylvia nahmen sich etwas mehr Zeit für sich, und Stefan versuchte, Kontakt zu seinem Sohn aufzunehmen.

Nachdem er mehrmals auf die Mailbox von Thorsten aufgelaufen war, gab Stefan auf. Er nahm sich vor, sobald er in Baden bei der Reha wäre, Thorsten einen Brief zu schreiben.

Stefan wurde mit einem Fahrzeug des Roten Kreuzes nach Baden gefahren. Elfi folgte mit ihrem privaten PKW.

Das Zimmer war sehr geräumig und hatte Fenster, welche zum Park hin ausgerichtet waren. Elfi packte die Sachen aus, während Stefan bei der Verwaltung den Papierkram erledigte.

Bevor sie die Klinik in Wien verließen, feierten Stefan, Elfi, Sylvia und Sigi ein Abschiedsfest. Es wurde wieder ein kleines Buffet geliefert; aber dieses Mal mit weniger Alkohol.

Sylvia verabschiedete sich von ihrem Vater. Sie musste zurück nach München, um einige Dinge in die Wege zu leiten.

Dass es sich hierbei um die Kündigung bei ihrer alten Arbeitsstelle handelte, um bei einer Kanzlei in Wien anzufangen, verschwieg sie ihrem Vater.

Immerhin tauschte sie eine Sozietät gegen eine normale Anstellung aus. Und wie ihr Vater darauf reagiert hätte, wollte sie erst gar nicht herausfinden.

Sigi war überglücklich, als ihm Sylvia dieses Geschenk machte.

„Weißt du schon, was die alles mit dir anstellen wollen?", fragte Elfi, als Stefan zurückgebracht wurde.

„Nein, das erfahre ich morgen", antwortete Stefan, *„für heute steht nur <ankommen und sich einrichten> auf dem Plan."*

„Das finde ich gut", sagte Elfi, *„du musst dich erst einmal von der Fahrt erholen."*

„Ich bin ganz deiner Meinung", erwiderte Stefan, *„du bringst mich jetzt ins Bett und dann feiern wir Verlobung."*

Elfi musste lächeln. Sie ahnte, was auf sie zukommen würde. Sie würden zum ersten Mal miteinander schlafen. Bisher war noch keine Gelegenheit dafür, und Elfi hätte es auch nicht gewollt.

Sie wusste es zu schätzen, dass Stefan sie zu keiner Zeit gedrängt hatte. Aber hier und jetzt waren der richtige Ort und der richtige Zeitpunkt.

Elfi half Stefan beim Niederlegen. Dann gab sie ihm einen Kuss und sagte:

„Ich komme gleich wieder. Ich mache mich nur ein wenig frisch und dann gehöre ich dir, mein Geliebter."

*****

Neben dem großen Speisesaal für Kassenpatienten befand sich noch ein kleinerer Saal für die „Privaten".

Der Tisch, welcher für Stefan und Elfi reserviert war, befand sich etwas abseits. Man wollte damit wohl die Privatsphäre des prominenten Patienten schützen, der durch die Medien einer breiten Öffentlichkeit bekannt geworden war.

„Guten Morgen und herzlich willkommen!"

Mit diesen Worten trat Frau Marianne – ihr Name prangte auf einem kleinen Schild oberhalb ihres Busens – an den Tisch.

„Ich und meine Kollegin Helga werden in den kommenden Wochen zu Ihrer Verfügung stehen. Mein Name ist übrigens Marianne."

„Vielen Dank, Marianne", sagte Stefan, *„es freut uns, dass Sie sich um uns kümmern werden."*

„Was darf ich Ihnen und Ihrer Gattin bringen?", fragte Frau Marianne, *„Kaffee oder Tee?"*

Und bevor Elfi richtigstellen konnte, dass sie nicht die Gattin des Patienten wäre, antwortete Stefan:

„Kaffee bitte, reichlich, stark und schwarz mit Zucker."

„Das Buffet befindet sich dort drüben", erklärte Frau Marianne weiter, *„wenn Sie mir Ihre Wünsche sagen, dann kann ich Ihnen die Sachen gern bringen."*

„*Das wird nicht nötig sein*", entgegnete Stefan, „*darum kümmert sich meine liebe Gattin.*"

Als sich Frau Marianne entfernt hatte, um den gewünschten Kaffee zu holen, sagte Elfi:

„*Du verrückter Kerl, warum hast du ihr nicht gesagt, dass ich nicht deine Ehefrau bin?*"

„*Warum hätte ich das tun sollen?*", antwortete Stefan lächelnd, „*schließlich haben wir gestern unsere Hochzeitsnacht verbracht, obwohl wir noch nicht verheiratet sind. Aber das wird sich ja in einiger Zeit ändern.*"

„*War das gerade ein Heiratsantrag?*", fragte Elfi freudig, und Stefan antwortete:

„*Jetzt lass uns erst einmal in Ruhe frühstücken. So ein komplexes Thema auf nüchternen Magen, das kann nicht gesund sein.*"

„*Du bist schrecklich*", sagte Elfi, und Stefan erwiderte:

„*Ich weiß; ich bin schrecklich...glücklich.*"

Als sie mitten beim Frühstücken waren, trat eine ältere, walkürenhafte Dame auf sie zu.

„*Verzeihen Sie, dass ich Sie bei Ihrem Frühstück störe. Mein Name ist Eleonore Prohaska, ich bin die Direktorin dieser Einrichtung, und ich möchte Sie herzlich willkommen heißen.*

Wenn Sie irgendwelche Wünsche haben, so wenden Sie sich vertrauensvoll an mich. Das gilt natürlich auch für potenzielle Beschwerden; aber ich hoffe, das wird nicht nötig sein."

Die Frau Direktor überreichte Stefan ihre Visitenkarte und fügte noch hinzu:

„Sie finden mich übrigens in Zimmer 212, gleich neben dem Aufzug. Ich wünsche Ihnen einen angenehmen Aufenthalt und genießen Sie Ihr Frühstück."

Mit diesen Worten verließ sie Stefan und Elfi und rauschte davon.

„Ob sie alle Patienten so begrüßt?", fragte Elfi, und Stefan antwortete:

„Wenn der Patient durch Presse, Film und Fernsehen bekannt ist, dann schon."

Gelegentliche Blicke der anderen Patienten ließen klar erkennen, dass Stefan kein gewöhnlicher Patient war. Aber zum Glück ging es nicht so weit, dass Stefan von jemandem angesprochen wurde.

Nach dem Frühstück brachte Elfi Stefan zu Herrn Dr. Hofer, dem zuständigen Mediziner für das Befunden und das Verordnen der diversen Anwendungen.

„Küss die Hand, gnädige Frau; grüß Gott, Herr Wenninger!"

Der schon etwas in die Jahre gekommene Herr bot Elfi einen Stuhl an und nahm dann wieder hinter seinem Schreibtisch Platz.

„Erlauben Sie mir zunächst Ihnen mein Beileid zum Verlust Ihrer werten Gattin auszusprechen."

Dieser Satz erstaunte Stefan gleichermaßen wie auch Elfi. Es war das erste Mal, dass ein Angehöriger des medizinischen Personals – egal ob Arzt, Schwester oder Pfleger – das gemacht hatte.

Stefan bedankte sich bei dem Arzt, der zweifelsohne ein Mann der alten Schule war. Es imponierte Stefan und auch Elfi, welche neben dem Erstaunen auch eine ordentliche Portion Respekt für den Arzt empfand.

„Wir werden Ihren Körper in kleinen Schritten wieder in den Zustand rückversetzen, in welchem er sich vor dem Unfall befand.

Das heißt Muskelaufbau, Massagen, Aquagymnastik, Bestrahlung und Meditation."

Abgesehen von der Meditation, die nicht gerade animierend auf Stefan wirkte, machte der Vorschlag des Arztes einen guten Eindruck auf Stefan.

„Ich hätte zwei Fragen dazu", sagte Stefan, und der Arzt antwortete:

„Bitte, fragen Sie, Herr Wenninger!"

„Ist es möglich, dass all meine Anwendungen im Verlaufe des Vormittags vollzogen werden und kann ich davon ausgehen, dass mich Frau Baumann dorthin begleitet?"

Durch Elfis Körper ging ein leichtes Zucken. Die Bezeichnung „Frau Baumann" – obwohl sie durchaus korrekt war – widerstrebte ihr fast ein wenig.

Stefan fühlte sich nicht minder unwohl; aber was hätte er sonst sagen können? Andererseits, was hätte dagegen gesprochen, hätte er Elfi als „meine Gefährtin" vorgestellt. War es einfach nur Feigheit?

Er ergriff die Hand von Elfi und drückte sie als Geste dafür, dass er es bedauerte. Elfi verstand die Geste und drückte zurück.

„Ich denke, das lässt sich machen", sagte Dr. Hofer, *„und selbstverständlich kann Ihre charmante Begleiterin bei den Anwendungen zugegen sein."*

„Die G.A.S. hat wieder einmal gezaubert", dachte sich Stefan, als er das hörte, und es freute ihn.

„Bitte, kommen Sie jederzeit zu mir, wenn Sie etwas auf dem Herzen haben, Herr Wenninger", sagte der Arzt bei der Verabschiedung, und wieder küsste er Elfi galant die Hand.

*****

Die therapeutischen Maßnahmen setzten Stefan heftig zu. Die gesamte Muskulatur, die sich über einen längeren Zeitraum in einem Dämmerzustand befand, probte jetzt den Aufstand und machte Stefan deutlich klar, dass sie das nicht so wollte.

Den Abschluss seines „Arbeitstages" bildete jeweils eine wohltuende Massage. Es überraschte Stefan, dass die Massage eine halbe Stunde dauerte. Und auch die Intensität und die Freundlichkeit, mit welcher Stefan therapiert wurde, empfand er als außerordentlich.

Es kam ihm fast so vor, als wären die Therapeuten dazu vergattert worden. Stefan musste unweigerlich an Herrn Dr. Sprüngli denken.

Der schönste Teil des Tages war ohne Zweifel der nachmittägliche Mittagsschlaf. Eng aneinander gekuschelt genossen Elfi und Stefan nach dem Mittagessen die Ruhe, und sie mussten sich regelrecht dazu zwingen nach einer guten Stunde wieder aufzustehen.

Das Mittagessen nahmen sie im Restaurant ein, das zur Klinik gehörte, und welches an den Wochenenden auch für Nichtpatienten zugänglich war.

Unter der Woche war es den Privatpatienten vorbehalten und dementsprechend waren sowohl das Niveau als auch die Preise.

Das kümmerte Stefan jedoch nicht. Es gab schließlich die G.A.S. und Herrn Dr. Sprüngli.

Elfi und Stefan gingen gelegentlich am späten Nachmittag ins Warmwasser-Hallenbad. Stefan hatte gespürt, dass ihm die Aquagymnastik wohltat, und er sah im zusätzlichen Herumplanschen mit Elfi eine sinnvolle Ergänzung.

Die erste Woche lag hinter den beiden und man konnte jetzt schon – bezogen auf die körperliche Verfassung von Stefan – durchaus von einer aufsteigenden Tendenz sprechen.

Es war Samstagmorgen, als Stefan Elfi nach dem Frühstück fragte:

„Was hältst du davon, wenn wir heute einen kleinen Ausflug machen?"

„Es tut mir leid, mein Schatz; aber das müssen wir auf morgen verschieben", antwortete Elfi, *„ich fühle mich heute nicht so besonders."*

„Was hast du denn?", fragte Stefan und Elfi antwortete:

„Nichts Ernstes, eine Frauengeschichte. Aber du wirst sehen, morgen geht es mir wieder gut."

Was Stefan nicht wissen konnte, war, dass Sigi Elfi angerufen hatte, um ihr mitzuteilen, dass er mit Sylvia gegen Mittag ankommen würde, um mit ihnen mittagzuessen.

Elfi hatte im Restaurant schon Bescheid gesagt, man möge für 12:00 Uhr einen Tisch für vier Personen reservieren. Das war deswegen notwendig, weil der Tisch, an welchem sie und Stefan täglich saßen, nur für zwei Personen ausgerichtet war.

Gegen Mittag verließen Elfi und Stefan ihr Zimmer, um sich auf den Weg zum Restaurant zu machen. Als sie ihren gewohnten Tisch ansteuern wollten, wurden sie von einem der Kellner angewiesen ausnahmsweise an einem anderen Tisch Platz zu nehmen.

Stefan wollte schon seinen Unmut äußern, als er den Grund für die Änderung sah. Sylvia und Sigi saßen bereits an dem reservierten Tisch und winkten Elfi und Stefan zu.

Sylvia war erstaunt, als sie sah, dass ihr Vater zwar mit Krücken, aber ohne Rollstuhl unterwegs war. Sie sprang auf und stürmte auf Stefan zu.

„Das ist ja unglaublich", sagte sie freudig erregt, *„ich freue mich so."*

„Sachte, sachte, junge Dame", erwiderte Stefan, der von der Ungestümtheit seiner Tochter fast zu Fall gebracht worden wäre.

Jetzt war auch Sigi aufgestanden und auf Stefan zugegangen. Er umarmte ihn und sagte:

„Das ist ein wunderbarer Anblick, mein Freund. Dass das so schnell gehen würde, hätte ich nicht erwartet."

„Stefan könnte auch schon ohne die Krücken ge-hen", meldete sich Elfi zu Wort, *„aber sie vermitteln ihm das Gefühl der Sicherheit. "*

Dann umarmte sie Sylvia und Sigi in großer Herzlichkeit und sagte:

„Es ist schön, dass ihr gekommen seid. Es fiel mir unendlich schwer, den Mund zu halten; aber ich wollte die Überraschung nicht verderben. "

„Das ist wahrlich eine Überraschung", sagte Stefan. Sie hatten inzwischen Platz genommen und sahen einander mit glücklichen Augen an.

„Bist du extra von München hierhergeflogen, um deinen alten Vater zu besuchen. "

„Nicht nur dich, Papa", antwortete Sylvia, und dann sagte sie etwas, das Elfi zu Tränen rührte:

„Ich wollte auch deine Elfi gern wiedersehen. "

Elfi griff nach der Hand von Sylvia und drückte sie.

„Das ist sehr lieb von dir, Sylvia", sagte Elfi und küsste Sylvias in tiefer Dankbarkeit die Hand.

Dieser magische Augenblick wurde jäh unterbrochen, als der Kellner, der an den Tisch herangetreten war, sagte:

„Darf es schon etwas zu trinken sein? "

„Bringen Sie uns vier Gläser Champagner", antwortete Stefan, *„es gibt etwas zu feiern. "*

Als der Kellner sich wieder vom Tisch entfernt hatte, sagte Sylvia:

„Ich, also wir wollen dir etwas mitteilen, Papa. "

„Aha", sagte Stefan in aller gebotenen Vorsicht, *„ich hoffe nur, es ist etwas Gutes. Bist du vielleicht schwanger? "*

„Stefan ", sagte Elfi fast ein wenig zurechtweisend, aber Stefan fügte umgehend hinzu:

„Wieso, das wäre doch eine wunderbare Nachricht oder nicht? "

Sigi und Sylvia sahen einander erstaunt an, ebenso wie Elfi, und Sylvia sagte nach einer kurzen Pause, nachdem sie sich wieder gefangen hatte:

„Nein, Papa, das ist es nicht. Ich wohne zwar mit Sigi unter einem Dach, und wir schlafen auch regelmäßig miteinander; aber ich nehme die Pille. "

Stefan erschrak. Es waren nicht die Worte, die ihn erschreckt hatten, es war der Ton des Gesagten.

Der Satz hatte geklungen wie ein Gewitter nach einem schwülen Sommertag.

„Was ist es dann? ", wagte sich Stefan aus einer Deckung heraus.

„Ich arbeite ab dem nächsten Monat in einer Wiener Kanzlei."

„Und was ist mit München?", fragte Stefan.

„München gibt es nicht mehr", antwortete Sylvia, *„ich war dort nie so richtig glücklich. Ich habe euch und Wien immer vermisst."*

Tränen stiegen Stefan in die Augen.

„Das sind wunderbare Neuigkeiten, mein Engel", sagte er, *„ich habe dich auch vermisst. Ich freue mich ja so sehr."*

Dann stand er auf, breitete die Arme aus und sagte:

„Willkommen zuhause!"

Sylvia stand ebenfalls auf, und dann umarmten Vater und Tochter einander, und es schien, als würden sie sich nie mehr loslassen wollen.

„Wollen die Herrschaften jetzt vielleicht bestellen?"

Derselbe Kellner, der zuvor schon das perfekte Timing zelebriert hatte, schlug gerade wieder gnadenlos zu.

„Nein", antwortete Sigi, *„wir haben noch nicht gewählt. Wir lassen es Sie wissen, wann es so weit ist."*

Der Kellner entfernte sich und seine Gedanken hätten Missfallen ausgelöst, hätte er sie laut ausgesprochen.

Sylvia und Sigi blieben noch bis zum nächsten Nachmittag. Danach fuhren sie wieder nach Wien zurück.

„Ich finde es toll, wie du mit Sylvia und Sigi umgegangen bist", sagte Elfi, *„das hätte ich so nicht erwartet."*

„Wie meinst du das?", fragte Stefan, und Elfi antwortete:

„Ich meine, dass Sylvia ihre Sozietät aufgegeben hat. Immerhin bedeutet das ja einen gewissen beruflichen Abstieg."

„Das ist richtig", antworte Stefan, *„aber das ist in Ordnung. Wenn Sylvia dadurch glücklicher ist, dann bin ich es auch."*

„Und das mit Sigi", fragte Elfi weiter, *„ist das auch in Ordnung?"*

„Ich mag Sigi, und ich denke, die zwei passen ganz gut zusammen."

Diese Antwort überraschte Elfi ein wenig. Noch vor wenigen Wochen wäre sie wohl anders ausgefallen. Stefan hatte offenkundig seine innere Mitte gefunden.

„Hast du schon daran gedacht deinen Sohn zu kontaktieren?", fragte Elfi.

„Ich habe schon mehrere Male versucht, ihn anzurufen; aber ich lande immer wieder bei der Mailbox", antwortete Stefan.

„Du könntest ihm schreiben", sagte Elfi mit sanftem Ton und sah Stefan aufmunternd dabei an.

Stefan lächelte. Es ging ihm durch den Sinn, wie leicht und einfach alles klang, wenn es aus Elfis Mund kam.

„Daran habe ich auch schon gedacht", erwiderte Stefan, *„ich werde es demnächst auch machen."*

„Das freut mich mein Schatz", sagte Elfi und gab Stefan einen Kuss.

„Für was war das?", fragte Stefan.

„Dafür, dass du so ein toller Mann bist", antwortete Elfi, *„und weil ich dich liebe."*

Und nach einem kurzen Moment fügte sie noch hinzu:

„Und als eine kleine Belohnung."

*****

Brief vom Vater an den Sohn

„Hallo Thorsten!

Ich sitze vor einem leeren Blatt Papier, um meine Gedanken darauf zu schreiben, und es fällt mir unendlich schwer.

Nicht etwa, weil ich keine Worte finde, sondern weil mich mein schlechtes Gewissen zu lähmen scheint.

Der schreckliche Unfall, bei welchem du deine Mutter verloren hast, hat aus mir einen anderen Menschen gemacht.

Durch die Hilfe von zwei Menschen, die mich liebevoll betreut haben und das noch immer machen, wurde mir vor Augen geführt, was für ein egoistischer und liebloser Vater ich dir gegenüber war.

Ich war – ohne mir dessen bewusst zu sein – eifersüchtig auf mein eigen Fleisch und Blut, und dafür schäme ich mich grenzenlos.

Es ist mir klar, dass du mir das nur schwer oder vielleicht auch gar nicht verzeihen können wirst; aber ich möchte dich trotzdem darum bitten.

Vielleicht ist es dir sogar möglich mit mir in Kontakt zu treten, damit ich dich von Angesicht zu Angesicht um Verzeihung bitten kann.

Ich habe gehört, dass es eine kleine Nele gibt, und dass du dich liebevoll um sie kümmerst. Du bist ein um so viel besserer Vater als ich, und ich habe größte Hochachtung vor dir.

Es tut mir sehr leid, dass der kleine Sonnenschein ohne seine Mutter aufwachsen muss und dass dir von einem grausamen Schicksal deine Frau genommen wurde.

Lieber Thorsten, bitte, gib meinem Enkelkind einen Kuss von mir und erlaube mir, dich zu umarmen.

Dein Vater

PS: Meine Telefonnummer hast du ja, und meine derzeitige Adresse steht auf dem Umschlag.

*****

„*Ich möchte dich bitten, dass du diesen Brief liest*", sagte Stefan, als er damit fertig war.

Während Elfi den Brief las, liefen ihr die Tränen über die Wangen. Sie sah immer wieder zu Stefan hin, so, als wolle sie ihm bedeuten, wie sehr sie davon berührt war.

Als sie den Brief zu Ende gelesen hatte, umarmte sie Stefan und sagte:

„Ich kann mir denken, dass dir das nicht leicht gefallen ist; aber es war eine gute Entscheidung. Lass den Dingen ihren Lauf und gib deinem Sohn Zeit."

Stefan nickte.

„So sehr ich es mir wünsche, so wenig glaube ich daran, dass Thorsten mir verzeihen wird", sagte Stefan, *„der Graben ist viel zu tief."*

„Ihr habt beide einen schmerzlichen Verlust erlitten", erwiderte Elfi, *„so etwas kann auch eine Brücke sein."*

Stefan musste an Gudrun denken. Er hatte sie noch nicht einmal beerdigen können. Selbst wenn er dazu körperlich imstande gewesen wäre, es wäre nicht möglich gewesen. Das Flugzeug war völlig ausgebrannt und die Leichen waren bis zur völligen Unkenntlichkeit verbrannt.

Es hatte wohl ein Zeremoniell für die Opfer gegeben; aber zu jenem Zeitpunkt lag Stefan noch im künstlichen Koma.

So stellte sich ihm im Nachhinein auch nicht die Frage, ob er seine Kinder überhaupt von der geplanten Feier in Kenntnis gesetzt hätte.

„Was grübelst du?", fragte Elfi, die den versponnenen Blick bei Stefan bemerkt hatte, und Stefan antwortete:

„Ich habe nur ins Narrenkastl g'schaut."[5]

„Möchtest du mit mir ein wenig in den Park gehen?", fragte Elfi und Stefan stimmte zu.

Stefan hatte schon große Fortschritte gemacht, und er ging schon seit einer guten Woche ohne Krücken. Aber schon nach ein paar Minuten strebte er mit Elfi eine Bank an.

„Ich bin doch noch nicht so stark, wie ich geglaubt hatte", sagte er zu Elfi, als er sich setzte, und Elfi lächelte.

„Gut Ding braucht Weile, mein Schatz", sagte sie und Stefan sah in ihr strahlendes Gesicht.

„Bist du glücklich?", fragte er, *„und bist du dir auch wirklich sicher, dass du dein Leben mit mir verbringen möchtest?"*

„Ich bin mir absolut sicher und ja, ich will", antwortete Elfi.

„Dann wäre es jetzt an der Zeit, dass ich ein wenig mehr über dich und dein bisheriges Leben erfahre", erwiderte Stefan und erschrak, als er sah, wie mit einem Schlag das Lächeln aus Elfis Gesicht gewichen war.

„Entschuldige bitte", sagte er schnell, *„ich wollte dich nicht erschrecken. Und wenn es dir unangenehm*

---

[5] Wienerisch für „in Gedanken sein"

ist, dann erzählst du es mir irgendwann einmal später."

"Nein, nein", antwortete Elfi, *"es ist schon in Ordnung, und du musst dich auch nicht entschuldigen. Es kommt nur etwas plötzlich; aber es ist gut, dass du fragst."*

"Es muss wirklich nicht hier und heute sein", sagte Stefan, dem es leidtat, dass er überhaupt gefragt hatte. Elfi würde ihm schon irgendwann von ihrem Leben erzählen.

Und dann begann Elfi Baumann zum ersten Mal einem anderen Menschen von ihrem Leben zu erzählen.

"Ich bin auf einem Bauernhof in Niederösterreich, genauer gesagt im Waldviertel aufgewachsen.

Wir waren drei Geschwister, alles Mädchen, und ich war die Jüngste.

Mein Vater war ein arbeitsamer und wortkarger Mann. Wenn er sprach, dann eher mit seinen Viechern als mit uns. Oder mit seiner Schnapsflasche.

Liebe gab es kaum. Weder vom Vater noch von der Mutter. Darunter habe ich immer sehr gelitten. Schläge gab es Gott sei Dank keine.

Meine älteste Schwester hat dann bald geheiratet. Es war zwar kein Märchenprinz, aber die Fahrkarte für "weg von zuhause".

Meine zweite Schwester ist mit dem Traktor umgekippt. Sie hat ihn gefahren, weil der Vater wieder einmal dazu nicht fähig war.

Es gab einen jungen Burschen, der mich hofierte. Es war der Sohn eines Nachbarbauern. Ich habe mich lange dagegen gesträubt ihn zu erhören; aber als der Vater seiner Alkoholsucht zum Opfer gefallen war, habe ich zugestimmt.

Die einzige Bedingung, die ich gestellt habe, war das Zugeständnis, dass meine demente Mutter bis zu ihrem Ableben auf dem Hof bleiben dürfe. Das habe ich dann auch beim Notar festhalten lassen.

Johannes, mein „lieber" Ehemann, hat sich nicht sehr viel Zeit gelassen, bis er mich zum ersten Mal betrogen hat.

Er hat noch nicht einmal versucht, es zu verbergen. Ich war nicht wirklich überrascht, denn sein Ruf als Weiberheld war ihm schon vor meiner Hochzeit anhängig. Das war auch der Grund, warum ich mich anfangs gegen eine Verbindung gewehrt habe.

Nachdem meine Mutter gestorben war, habe ich die Scheidung beantragt. Ich habe den Hof verlassen und bin nach Wien gezogen, um eine Ausbildung als Krankenschwester zu beginnen.

Meinen Anteil am Hof habe ich mir auszahlen lassen und gut angelegt."

„*Hast du Kinder?*", sagte Stefan, der selbst erschrak, dass er das gerade gefragt hatte.

Elfi sah Stefan traurig an, und als er sah, dass Elfi Tränen in die Augen bekam, fühlte er sich schlecht.

„*Ich bin ein Idiot*", dachte Stefan, „*warum habe ich nicht meinen Mund gehalten.*"

Elfi bemühte sich, ihre Fassung wiederzuerlangen. Stefan sah hilflos zu, gefangen in einer Unentschlossenheit, ob er Elfi in den Arm nehmen sollte oder doch lieber nicht.

„*Gretl*", sagte Elfi, „*ich habe eine Tochter namens Margarete.*"

Stefan nahm Elfi in die Arme, und er fühlte, dass dies die richtige Entscheidung war.

„*Es tut mir sehr leid, dass ich diese Wunde aufgerissen habe*", sagte Stefan, „*ich hoffe, du bist mir nicht böse.*"

„*Im Gegenteil*", antwortete Elfi, „*ich wollte es dir schon lange sagen, ich wusste nur nicht wann und wie.*"

„*Gretl ist jetzt Anfang dreißig. Ich habe keinen Kontakt zu ihr. Anfangs habe ich es immer wieder einmal versucht, aber ihr Vater hat es vereitelt.*

Irgendwann habe ich es dann aufgegeben; aber es tut immer noch weh. Besonders an ihrem Geburtstag oder zu Weihnachten."

„Wie sich die Bilder gleichen", sagte Stefan mit einem feinen Lächeln, und ein wenig konnte er Elfi sogar damit anstecken.

„Hättest du Lust mit mir morgen Abend ins Casino zu gehen?", fragte Stefan plötzlich.

„Ins Casino?", erwiderte Elfi ungläubig, *„ich war noch nie in einem Casino."*

„Das macht nichts", sagte Stefan, *„ich war auch noch nicht in einem Casino."*

„Und was machen wir dort?", fragte Elfi, und Stefan antwortete:

„Wir werden erst fein speisen, und dann fordern wir unser Glück heraus."

„Ist das nicht unmoralisch?", fragte Elfi.

„Fein speisen?", fragte Stefan zurück.

„Du weißt schon, was ich meine", antwortete Elfi lachend, und Stefan freute sich, dass Elfi der düsteren Stimmung von vorhin entronnen war.

„Wir setzen uns ein Limit, dann können wir auch nicht so viel verlieren", sagte Stefan und Elfi erwiderte:

154

„Wieso bist du dir sicher, dass wir verlieren werden?"

„Pech im Spiel – Glück in der Liebe, so sagt man doch", antwortete Stefan, „und so glücklich, wie wir beide sind, da müssen wir doch verlieren, nichtwahr?"

„Du hast vollkommen recht, mein Liebling", antwortete Elfi, und dann kam der typische Satz, den jede Frau in einer solchen Situation unbedingt stellen muss:

„Ich habe ja nichts Gescheites anzuziehen für einen Casinobesuch."

„Daran habe ich schon gedacht", antwortete Stefan, „morgen gehen wir einkaufen. Ein schönes Kleid für dich und für mich einen Smoking."

*****

Die Frau Direktor begrüßte Stefan überschwänglich.

„Grüß Gott, Herr Wenninger. Es freut mich sehr zu sehen, dass Sie deutlich erkennbare Fortschritte gemacht haben; Sie gehen ja schon ohne Krücken."

„Grüß Gott, Frau Direktor", erwiderte Stefan, „und vielen Dank, dass Sie sich Zeit für mich nehmen."

„Sehr gern, lieber Herr Wenninger, und bitte lassen Sie die <Frau Direktor> weg. Einfach nur <Frau Prohaska> oder auch nur <Eleonore>."

Stefan entschloss sich für eine Mischung aus Variante eins und Variante zwei.

„Sehr verehrte Frau Eleonore, ich hätte ein, zwei Bitten an Sie", sagte Stefan, begleitet von einem unwiderstehlichen Lächeln.

„Schon erfüllt, mein Lieber", antwortete die Frau Direktor mit einem verwirrenden Augenzwinkern, „vorausgesetzt es steht in meiner Macht."

„Ich möchte heute Abend mit meiner Lebensgefährtin ins Casino gehen. Was mir fehlt, ist die entsprechende Garderobe für meine Lebensgefährtin und für mich.

Aber vorher möchte ich noch mit ihr im Casino fein speisen.

Hier nun meine Bitte an Sie, verehrte Frau Eleonore: Wo kann ich die angemessene Garderobe erwerben, und besteht vielleicht die Möglichkeit, dass Sie für uns einen Tisch im Casino reservieren lassen?"

Die Frau Direktor überlegt kurz, um dann zu fragen:

„Gibt es einen bestimmten Anlass?"

Den Geburtstag konnte sie ausschließen, den wusste sie ja bereits. Sie hatte es gleich am ersten Tag aus den Akten entnommen.

Stefan Wenninger war im Zeichen des „Löwen" geboren und sie selbst war eine „Schütze"-Frau. Was für eine Konstellation…

„Ja, den gibt es", antwortete Stefan, *„meine Lebensgefährtin hat morgen Geburtstag."*

Die Frau Direktor nickte.

„Das ist überhaupt kein Problem, Herr Wenninger", antwortete die Frau Direktor, und Stefan fiel auf, dass sich die Dame ihm gegenüber augenblicklich etwas zurückgenommen hatte. Die Frage nach dem „Warum?" stellte er sich erst gar nicht, weil er die Antwort fürchtete.

„Die gewünschte Garderobe finden Sie im Modehaus <Seidel> am Kirchplatz. Ich werde Sie umgehend dort anmelden. Und einen Tisch im Casino werde ich ebenfalls ordern. Wäre 20:00 Uhr genehm?"

„Das ist ja wunderbar", antwortete Stefan, *„ich weiß gar nicht, wie ich Ihnen danken kann."*

Stefan stand auf und streckte der Frau Direktor zum Dank die Hand entgegen. Als er ihre Hand ergriffen hatte, platzierte Stefan einen Handkuss darauf, welchen er als eine angemessene Geste empfand.

„Hauptsache, Sie verbringen einen schönen Abend mit der Dame Ihres Herzens", kam aus dem Mund der Frau Direktor, und Stefan fand noch nicht einmal die kleinste Spur Zynismus in ihrer Äußerung, was ihn doch sehr erstaunte.

Als er eine knappe Stunde später mit Elfi das Modehaus Seidel betrat, wurden sie von der Geschäftsführerin persönlich in Empfang genommen.

„Grüß Gott und herzlich willkommen im Modehaus Seidl. Mein Name ist Veronika Herzog. Ich bin die Geschäftsführerin und Urenkelin des Firmengründers, Franz Seidl.

Frau Prohaska hat Sie schon angekündigt, und es ist mir eine große Freude und Ehre zugleich Ihnen dienen zu können."

Stefan und Elfi sahen sich an. *„Diese Frau weiß genau, wer wir sind"*, dachte sich Stefan, und die Gedanken von Elfi waren vermutlich den seinen sehr ähnlich.

„Ich habe mir erlaubt einige Modelle herrichten zu lassen und unsere Damen würden sie Ihnen gern vorführen. Ich darf Sie bitten mit mir zu kommen."

Mit diesen Worten führte die Urenkelin des Firmengründers ihre Besucher in einen separaten Raum, wo schon zwei Gläser Champagner und ein paar „Petits Fours" auf Stefan und Elfi warteten.

Und dann begann eine kleine, intime Modenschau. Elfi wählte aus der Vielfalt des Gezeigten drei Stücke für die engere Wahl: eines in Nachtblau, eines in Smaragdgrün und eines in Schwarz.

Bevor Elfi den Entschluss für ein Kleid fassen konnte, sagte Stefan:

„Wir nehmen alle drei. Und dann brauchen wir noch Mantel, Schuhe und Tasche.

Ich werde die Damen jetzt allein lassen, denn ich habe noch etwas zu besorgen. Aber ich werde mich beeilen."

„Das ist nicht nötig", erwiderte Frau Herzog, *„ich werde mich gut um Ihre Gattin kümmern. Und dann müssen wir ja auch noch Maß nehmen, vielleicht bedarf es kleinerer Änderungen an den Kleidern.*

Aber seien Sie unbesorgt. Bis spätestens 16:00 Uhr werden Ihnen die Kleider geliefert."

Stefan gab Elfi einen Kuss. Dass die Geschäftsführerin Elfi gerade als Stefans Gattin bezeichnet hatte, war ihnen zwar gleichermaßen aufgefallen; störte sie aber nicht im Geringsten.

Bevor Stefan und Elfi das Modehaus betreten hatten, war Stefan ein kleines Juweliergeschäft aufgefallen, welches schräg gegenüber lag. Und genau dorthin ging er jetzt. Er blieb einen Moment vor der Auslage stehen und betrachtete die Preziosen, die ihm entgegen funkelten.

Er betrat das Geschäft, und als der Verkäufer ihn nach seinem Begehr fragte, antwortete Stefan:

„Ich brauche eine besondere Halskette für eine ganz besondere Frau."

*****

Elfi fühlte sich wie eine Königin, als sie an der Seite von Stefan das Casino betrat. Der Smoking, den Stefan gewählt hatte, passte auf Anhieb, und bedurfte keiner Änderung.

Im Restaurant führte sie der Oberkellner an den reservierten Tisch und brachte danach unaufgefordert zwei Gläser Champagner.

Kurz darauf erschien ein Herr und stellte sich vor.

„Küss die Hand, gnädige Frau, meine Verehrung, Herr Wenninger. Ich bin Maximilian Forchner, der Direktor des Casinos, und ich darf Sie herzlich bei uns begrüßen.

Erlauben Sie mir, Ihnen ein kleines Willkommensgeschenk zu offerieren und Ihnen viel Glück an den Spieltischen wünschen.

Was das Essen und die Getränke betrifft, so sind Sie selbstverständlich unsere Gäste. Ich wünsche Ihnen einen vergnüglichen Abend. "

Mit diesen Worten überreichte der Direktor den beiden besonderen Gästen je ein kleines Kästchen, verbeugte sich noch einmal und entfernte sich.

„Was mag da wohl drinnen sein? ", sagte Elfi und entfernte die Masche und das Papier, mit welchem das Kästchen eingebunden war.

„Das sind mehrere Jetons in verschiedenen Größen", stellte Elfi aufgeregt fest, und Stefan antwortete:

„Ich habe es gezählt, es sind eintausend Euro. "

„Wahnsinn", sagte Elfi, *„so viel Geld. "*

„Was machen wir damit? ", fragte Elfi, die offenbar etwas durcheinander war.

„Spielen natürlich, mein Schatz", antwortete Stefan lachend, *„was sonst. "*

„Wenn das richtiges Geld wäre, dann wüsste ich etwas Besseres damit anzufangen", sagte Elfi in einem nüchternen Tonfall.

„*Was zum Beispiel?*", fragte Stefan.

„*Ich würde es spenden*", antwortete Elfi, „*und ich wüsste auch schon, wohin.*"

„*Dann tu das doch*", sagte Stefan und schaute in das erstaunte Gesicht von Elfi.

„*Wie sollte das gehen?*", fragte Elfi, und Stefan antwortete:

„*Indem du zur Kasse am Eingang des Casinos gehst und die Jetons in Bargeld umtauschen lässt.*"

„*Das könnte ich wirklich machen?*", fragte Elfi, deren Erstaunen kontinuierlich zunahm.

„*Aber ja*", antwortete Stefan, „*und ich gebe dir von meinem Teil noch fünfhundert dazu. Aber den Rest verspielen wir am Roulette-Tisch. Einverstanden?*"

„*Das ist wunderbar*", antwortete Elfi, „*was für ein verrückter Abend.*"

„*Ja*", erwiderte Stefan, „*und er ist noch lange nicht vorbei.*"

Nachdem sie gegessen hatten, gingen Stefan und Elfi in den Spielsaal. Sie flanierten zunächst um die einzelnen Tische herum, bevor sie sich an einem der Roulette-Tische niederließen.

Stefan hatte Elfi zuvor noch kurz die Möglichkeiten des Setzens erklärt. Dann teilte er die verbleibenden fünfhundert Euro in gleiche Teile.

Elfi setzte kleinere Beträge auf Rot oder Schwarz. Mal gewann sie, mal verlor sie. Stefan hingegen setzte jeweils größere Beträge und er hatte in kürzester Zeit alles verspielt.

Als Elfi bei einhundert Euro Restkapital angelangt war, setzte sie alles auf die Zahl siebzehn.

Das *„Rien ne vas plus"* des Croupiers erklang, die Kugel drehte sich mit ihrem unnachahmlichen Klang am oberen Rand des Kessels entlang und fiel eine gefühlte Ewigkeit später herunter, um sich – nach einigem hin und her Purzeln – im Bettchen der Zahl siebzehn niederzulassen.

Ein Raunen ging durch die Gäste, welche um den Tisch herum gruppiert saßen, und die sodann mit ihren Blicken dem Rechen des Croupiers folgten, welcher das Fünfunddreißigfache des Spieleinsatzes vor sich herschob, um es vor der Dame im smaragdgrünen Kleid zu parken.

Elfi fühlte, wie ihr die Röte ins Gesicht stieg. Sie konnte noch nicht verifizieren, was da gerade vor sich ging. Vor ihr lagen – zusammen mit ihrem Einsatz – Dreitausendsechshundert Euro in Chips.

„Ich höre sofort auf", sagte sie völlig aufgeregt und öffnete eilig ihre Handtasche, um die Chips hineinzugeben.

„*Erlauben Sie Madame*", sagte ein Angestellter des Casinos und platzierte die Chips auf einem speziellen Tablett.

„*Wenn Sie erlauben, dann begleite ich Sie jetzt zur Kasse, wo Sie die Chips eintauschen können.*"

„*Ja, bitte*", sagte Elfi, „*und nehmen Sie die noch dazu.*"

Sie öffnete ihre Tasche und holte die Chips heraus, welche der Direktor ihr und Stefan geschenkt hatte.

Elfi wollte den Tisch schon verlassen, als Stefan einen Hundert-Euro-Chip nahm und ihn mit den Worten „*Für das Personal*" in Richtung Croupier auf den Tisch warf.

Auf dem Weg zur Kasse fragte Elfi, warum Stefan das getan habe, und Stefan antwortete:

„*Das gekört sich so.*"

Wenig später saßen Stefan und Elfi wieder im Restaurant des Casinos und Elfi war um fünftausend Euro reicher.

Als sie vor einer guten Flasche Wein saßen, und Stefan sein Glas hob, fragte er Elfi:

„*Warum gerade die Siebzehn?*"

„Das ist der Tag, an dem dir dein Verband abgenommen wurde, und ich dir in die Augen gesehen habe", antwortete Elfi.

„Ich liebe dich", sagte Stefan, ergriff Elfis Hand und küsste sie.

„Und ich liebe dich", erwiderte Elfi und küsste die Hand von Stefan.

Als es wenige Minuten vor Mitternacht war, traten mehrere Personen an den Tisch. Es waren Mitglieder des Personals, denen Stefan einen Geldbetrag zugesteckt hatte, als er vor einer Weile zur Toilette gegangen war.

Einer von ihnen stellte eine kleine Torte auf den Tisch und zündete die darauf stehende Kerze an. Ein anderer schenkte Champagner ein und als es Schlag Mitternacht war, stimmte das kleine, zusammengewürfelte Vokalensemble „Happy Birthday" an.

Einige der umher sitzenden Gäste schlossen sich an, und als das Ständchen zu Ende war, ertönte Applaus.

Die Mitglieder des Personals wünschten alles Gute und entfernten sich sodann. Stefan griff in die Innentasche seines Smokings und entnahm ihm Elfis Geburtstagsgeschenk.

Es war eine goldene Halskette mit einem Smaragdanhänger in Herzform, umsäumt von kleinen Diamanten, eingelegt in eine längliche Schatulle.

„Herzlichen Glückwunsch zum Geburtstag, mein Liebling", sagte Stefan und überreichte das Geschenk.

Elfi öffnete die Schatulle und entnahm die Kette.

„Sie ist wunderschön", sagte sie, *„möchtest du sie mir vielleicht gleich umhängen?"*

Stefan stand auf und legte Elfi die Kette um den Hals. Und als er fertig war, küsste er Elfi zärtlich in den Nacken.

„Ich habe nie gewusst, dass man so sehr glücklich sein kann", flüsterte Stefan, und als er sich wieder niedergesetzt hatte, sah er, dass Elfi Tränen in den Augen hatte.

„Es ergeht mir wie dir", sagte Elfi, *„und ich danke dir für das wunderbare Geschenk. Ist das ein Opal?"*

„Nein, mein Schatz, das ist ein Smaragd", antwortete Stefan, *„er ist ein Symbol für Schönheit, Gerechtigkeit und Harmonie. Man nennet ihn auch den <Stein der göttlichen Eingebung>; alles, was zu dir passt."*

„Jetzt machst du mich gerade sehr verlegen", sagte Elfi, und die leichte Röte ihrer Wangen unterstrich das Gesagte.

In diesem Augenblick, pünktlich auf die Minute, läutete Stefans Telefon. Es war eine Viertelstunde über Mitternacht und genau die Zeit, welche er mit den Anrufern vereinbart hatte.

Stefan nahm den Anruf entgegen, und mit den Worten *„Ich reiche euch gleich weiter"* übergab er sein Telefon an Elfi.

Es waren Sylvia und Sigi, welche ihre Glückwünsche aussprachen. Elfi war vollkommen sprachlos. Einen solchen Aufwand, nur weil sie Geburtstag hatte, war sie bisher nicht gewöhnt.

Als das Gespräch zu Ende war, sagte Stefan:

„Die beiden kommen am Wochenende, und dann machen wir eine richtige Feier."

„Aber das hier ist doch schon eine richtige Feier", erwiderte Elfi und Stefan antwortete:

„Ja, schon; aber am Wochenende feiert die ganze Familie."

Diese Worte berührten Elfi, und sie bedeuteten ihr sehr viel.

„Familie, was für ein schönes Wort", ging es ihr durch den Sinn, *„etwas, was ich mir schon immer gewünscht habe; aber nie wirklich erleben durfte."*

„Du hast mir noch gar nicht gesagt, für wen oder was du deinen Gewinn verwenden möchtest", drängte Stefan in Elfis Gedanken, und Elfi antwortete:

„Vor ein paar Wochen bekamen wir einen schweren Unfall ins Spital. Ein Lastwagen hatte einem

PKW-Fahrer die Vorfahrt genommen und den Insassen schwer verletzt.

Der Mann ist noch auf dem OP-Tisch verstorben. Er hinterlässt eine Frau mit zwei kleinen Kindern. Sie hatten sich ein kleines Häuschen gebaut, und nun steht die junge Witwe da mit einem Berg von Schulden. Die Frau heißt übrigens Erika Drescher und ist eine frühere Kollegin von mir."

„Das ist ein schreckliches Schicksal", sagte Stefan, *„und ich finde es bewundernswert, dass du ihr das Geld schenken willst."*

„Aber es ist nur ein Tropfen auf dem heißen Stein..."

*****

Inspiriert durch die bewundernswerte Tat seiner Elfi, stimmte Stefan endlich einem Interview zu, was er bisher verweigert hatte.

Es waren verschiedene Einrichtungen, von welchen er in der zurückliegenden Zeit immer wieder kontaktiert worden war. Zum einen Presse und Rundfunk, aber auch diverse TV-Sender.

Den Zuschlag gab Stefan schließlich dem Meistbietenden, und das war ein deutsch-schweizerischer Sender mit Namen „ISEI".[6]

Die Klinikverwaltung hatte grünes Licht gegeben, und so saßen an einem sonnigen Nachmittag Stefan und Elfi im Park, um interviewt zu werden.

Stefan hatte seine Erlaubnis zu diesem Interview nur unter der Zusage gegeben, dass er nicht auf seine Kinder angesprochen werden würde, dass sein Psychotherapeut anwesend wäre, und dass er einen Spendenaufruf machen dürfe.

Die Maske hatte ihre Arbeit verrichtet, das Licht war eingerichtet und der Ton war überprüft. Der Moderator sagte ein paar einführende Worte, und dann ging es los.

Moderator: *„Verehrter Herr Wenninger, lassen Sie mich Ihnen zunächst recht herzlich danken, dass Sie diesem Interview zugestimmt haben.*

Es sind jetzt gerade einmal ein paar Monate her, dass Sie diesen schrecklichen Unfall hatten, bei welchem Sie Ihre Ehefrau verloren haben.

Haben Sie noch Erinnerungen an diesen schrecklichen Tag?"

Stefan: *„Ja und nein. Ich kann mich nur an diesen lauten Knall erinnern, als die Tragfläche des Flug-*

---

[6] ISEI – Information Son Et Image

zeugs vom Rumpf abgerissen wurde. Der Rest liegt noch immer in meinem Unterbewusstsein eingeschlossen.“

Moderator: *„Könnte man das nicht zum Beispiel unter Hypnose hervorholen?“*

Stefan: *„Das wäre wohl möglich; aber das möchte ich zum jetzigen Zeitpunkt noch nicht.“*

Moderator: *„Und warum nicht, wenn ich fragen darf?“*

Stefan fühlte sich unwohl. Er schaute zu Elfi und dann zu Sigi, der ihm die Antwort abnahm.

Sigi: *„Darf ich an dieser Stelle antworten?“*

Moderator: *„Natürlich; aber lassen Sie mich zuerst unseren Zusehern sagen, wer Sie sind. Das ist der Psychotherapeut, Herr Fröhlich, der Herrn Wenninger im Wiener Spital betreut hat.“*

Sigi: *„Das menschliche Unterbewusstsein ist ein natürlicher Schutzschild, der die Seele des Menschen zu einem Zeitpunkt schützt, wo sie nicht imstand wäre ein schreckliches Geschehnis unbeschadet zu verarbeiten.*

In diesem Tresor liegt dann das Schrecknis wohl verwahrt. Den Zeitpunkt zu wählen, wann man sich seinen Dämonen stellt, muss der Betroffene selbst festlegen.

Er kann es aber auch in diesem Tresor liegen lassen, muss aber damit rechnen, dass es immer wieder anklopft, weil es heraus möchte. Das geschieht dann häufig in Form von Träumen."

Moderator: *„Haben Sie solche Albträume, Herr Wenninger?"*

Stefan: *„Zum guten Glück nicht."*

Moderator: *„Haben Sie eine Erklärung, warum Sie – trotz dieser Dämonen, wie Herr Fröhlich uns gerade erklärt hat - gut schlafen können?"*

Stefan überlegte kurz, ob er darauf wahrheitsgemäß antworten sollte, aber als er Elfi ansah, sagte ihm ihr Blick, er möge es bitte nicht tun.

Stefan: *„Es kann im Leben nicht immer auf alles eine Antwort geben."*

Der Moderator, sichtlich verwirrt ob dieser Antwort, wendete sich nun an Elfi.

Moderator: *„Sie sind die Frau, welche Herrn Wenninger im Spital betreut hat. Wenn Sie sich bitte nur kurz unseren Zusehern vorstellen würden."*

Elfi: *„Mein Name ist Elfriede Baumann und ich bin diplomierte Krankenschwester. Ich wurde Herrn Baumann als Betreuerin zugeteilt, und ich durfte die erfreulichen Fortschritte des Patienten begleiten."*

Moderator: *„Frau Baumann oder soll ich Schwester Elfriede sagen?"*

Elfi: *„Nennen Sie mich bitte Frau Baumann!"*

Moderator: *„Was ist Herr Wenninger für ein Patient? Ist er ein Geduldiger oder eher ein Ungeduldiger? Das Wort <Patient> kommt ja aus dem Lateinischen und bedeutet <Geduldiger>."*

Elfi: *„Herr Wenninger ist ein geduldiger und höflicher Patient. Es war zu keiner Zeit schwierig mit ihm."*

Moderator: *„Wenn man so eng mit einem Patienten verbunden ist, und das über einen längeren Zeitraum, entsteht dann nicht automatisch ein Nahverhältnis?"*

Stefan: *„Ich denke, Sie gehen gerade etwas zu weit. Können wir uns jetzt vielleicht meinem Anliegen zuwenden?"*

Stefan hatte erkannt, worauf der Moderator hinauswollte. Es hatte schon diffuse Meldungen in der „Yellow Press" gegeben, bezogen auf den prominenten Patienten und die Krankenschwester.

Ein windiger Paparazzo hatte ihnen im Kurpark und im Casino aufgelauert und Bilder gemacht. Und obwohl das Fotografieren im Casino verboten ist, war es dem Kerl gelungen ein Foto zu schießen.

Der Moderator erschrak. Der raue Ton von Stefan war unmissverständlich, und der Moderator machte umgehend eine Kehrtwendung.

Moderator: *„Wie hat sich die Schweizer Fluggesellschaft nach dem schrecklichen Unfall Ihnen gegenüber verhalten, Herr Wenninger?"*

Stefan: *„Sehr hilfreich und äußerst großzügig. Mir hat es bis auf den heutigen Tag an nichts gefehlt. Ich kann nur das Beste über die G.A.S. sagen."*

Moderator: *„Und wie steht es mit einer Entschädigung? Sie haben schließlich Ihre Ehefrau verloren."*

Stefan: *„Die G.A.S. hat mir eine große Summe angeboten, die ich wohltätigen Zwecken zuführen werde. Den Wert eines Menschenlebens kann man jedoch nicht in Geld aufwiegen."*

Moderator: *„Sie haben mir vor Beginn dieser Aufzeichnung gesagt, Sie möchten ein paar Worte des Dankes aussprechen."*

Stefan: *„Ja, das ist mir ein großes Anliegen. Mein Dank geht an Professor Paulus Fromm und seinem Team vom Krankenhaus „Maria vom Kreuz" in Wien, sowie an meinen Physiotherapeuten, Siegmar Fröhlich, und nicht zuletzt an Elfriede Baumann, die Frau an meiner Seite.*

Man spricht normalerweise in erster Linie von den Ärzten, wenn es um Leistungen im Gesundheitswesen geht, und man vergisst dabei nur allzu leicht die vie-

*len anderen Helfer, wie Psychotherapeuten, Physio-
therapeuten, Pfleger und Schwestern.*

*Sie leisten einen wesentlichen Beitrag, wenn es um
die Gesundung eines Patienten geht. Und das oft unter schwierigen Bedingungen und schlechter Bezahlung.*

*Die Freundin von Frau Baumann, eine ehemalige
Krankenschwester, die diesen Beruf viele Jahre auf-
opfernd ausgeübt hat, befindet sich in großer finanzi-
eller Not.*

*Sie hat ihren Mann durch einen fremdverschulde-
ten Unfall verloren und steht jetzt mit zwei kleinen
Kindern da, ohne den Ernährer und einem Berg
Schulden.*

*Ich möchte die Zuseher bitten einen Spendenbei-
trag zu leisten, um dieser Frau zu helfen, damit sie
nicht mit den Kindern aus dem Haus ausziehen muss,
welches ihr der Verstorbene vor nicht allzu langer
Zeit gebaut hat.*

*Betrachten Sie es – stellvertretend für alle Kran-
kenschwestern - als kleines Zeichen Ihres Dankens,
denn so ziemlich jeder von uns war schon einmal in
der Lage die Dienste dieser Personen in Anspruch zu
nehmen."*

Moderator: *"Ich kann mich diesem Aufruf nur
anschließen. Kontonummer und Bankverbindung werden eingeblendet und können auch beim Sender direkt
abgerufen werden.*

Verehrter Herrn Wenninger, erlauben Sie mir bitte noch, Sie nach Ihren Zukunftsplänen zu fragen."

Stefan: *"Erst einmal schnell wieder ganz gesund werden, und danach sehen wir weiter."*

Moderator: *"Dann bleibt mir jetzt nur noch, mich bei Ihnen herzlich zu bedanken und Ihnen alles Gute zu wünschen. Danke auch an meine beiden anderen Gäste.*

Verehrte Zuseher, das war <Urban Keller LIVE". Ich danke Ihnen für Ihr Interesse, und ich hoffe, Sie schalten wieder ein, wenn es heißt: <Urban Keller LIVE – am Puls der Zeit>."

Als Kameras und Lichter ausgeschaltet waren, bedankte sich der Moderator per Händeschütteln und entschuldigte sich – zur großen Überraschung aller - für seinen Versuch in die Intimsphäre von Stefan und Elfi einzudringen.

"Ich hoffe, Sie tragen mir es nicht nach, dass ich zu persönlich geworden bin; aber die Zuseher erwarten das von einem Moderator."

"Ist schon vergessen", antwortete Stefan und wies noch einmal darauf hin, die Kontonummer und die Bank einzublenden, wenn der Beitrag gesendet wird.

"Das ist versprochen", antwortete Herr Keller und widmete sich danach seiner kleinen Crew, die schon beim Zusammenpacken war.

„Du bist genial", sagte Sigi wenig später zu Stefan, und Stefan antwortete:

„Was meinst du, Sigi?"

„Du weißt genau, was ich meine", erwiderte Sigi, *„von wegen <die Frau an meiner Seite>."*

„Jetzt weiß ich, was du meinst", antwortete Stefan lächelnd, *„grammatikalisch hätte es heißen müssen <die Frau neben mir>; aber das Herz war in diesem Moment offenbar schneller als das Hirn.*

Und das ist manchmal gar nicht so verkehrt. Oder wie siehst du das, mein Schatz?"

„Ich bin froh, dass es vorüber ist", antwortete Elfi, die noch ein wenig neben sich stand. Stefan hatte ihr von seiner Absicht mit der Spendenaktion vorher nichts gesagt.

„Du hättest mir ruhig sagen können, was du vorhast", sagte sie weiter, *„ich bin fast umgefallen vor Schreck."*

„Dann hätte ich dich aufgefangen, mein Liebling", antwortete Stefan, und Sigi fügte noch hinzu:

„Es ist nur schade, dass Sylvia nicht dabei sein konnte. Es hätte ihr sicher gefallen."

*****

Der Spendenaufruf wurde ein voller Erfolg. Obwohl Stefan sich ausbedungen hatte, die Sendung möge erst nach seinem Aufenthalt in der Reha-Klinik ausgestrahlt werden, wurde sie schon wenige Tage nach der Aufnahme ausgestrahlt.

Das hatte zur Folge, dass Stefan pausenlos von irgendwelchen Leuten darauf angesprochen wurde. Und das nicht nur in der Klinik, sondern auch außerhalb dieser Einrichtung.

Das machte auch nicht am darauffolgenden Wochenende halt, als Stefan und Elfi, zusammen mit Sylvia und Sigi, einen Ausflug in das „Helenental" machten.

Stefan hatte beschlossen, dort eine kleine Wanderung zu unternehmen. Obwohl er sich die Zustimmung des Arztes eingeholt hatte, vermochte dies die Zweifel von Elfi nicht zu zerstreuen.

Die Bemerkung *„Wenn ich nicht mehr weiter kann, muss Sigi mich eben tragen"*, trug zwar kurzfristig zur Erheiterung bei, minderte jedoch Elfis Sorge nicht im Geringsten.

Die Vier fuhren mit dem Auto von Baden in Richtung Alland, um dann auf der rechten Seite der Schwechat - das ist ein 62 km langer Fluss, der in die Donau mündet – auf den Wanderweg zu gehen.

Dieser Weg wird sogar in einem Lied besungen:

„Ich kenn ein kleines Wegerl im Helenental."

Als sie bei der „Cholerakapelle" vorbeikamen, überraschte Stefan seine Begleiter mit dem Wunsch, sie mögen ihn für einen kurzen Moment allein lassen.

Dann ging er in die Kapelle und zündete eine Kerze an, obwohl Stefan sich schon vor vielen Jahren vom Glauben abgewendet hatte.

Er hatte seine Entscheidung schon mehrmals hinterfragt. Begonnen hatte es, als er den Verband abgenommen bekam und zum ersten Mal Elfi von Angesicht zu Angesicht sah.

Die vielen schönen Dinge, wie das Treffen und Aussprechen mit seiner Tochter, welche danach kamen, haben ihn – Schritt für Schritt – dem Glauben wieder nähergebracht.

Und nun stand er in dieser kleinen Kapelle vor der angezündeten Kerze, blickte auf das Jesu-Kreuz und sprach ein Dankgebet.

Als er danach wieder vor die Kapelle trat, fragte ihn keiner nach dem „Warum". Lediglich Elfi fragte:

„Geht es dir gut, mein Liebling? ", und Stefan antwortete:

„Es geht mir sogar sehr gut; aber jetzt bekomme ich langsam Hunger. "

Ein Gasthaus war schnell gefunden und Hunger und Durst wurden zu aller Zufriedenheit prächtig gestillt.

Das „Kaiserwetter".[7] an diesem Tag hatte es ihnen ermöglicht, dass sie draußen sitzen konnten.

„Es ist wunderschön hier", sagte Elfi, *„kennst du das von früher?"*

„Wir waren früher öfter mit den Kindern hier", antwortete Stefan, und zu Sylvia gewandt:

„Kannst du dich noch erinnern?"

„Ich glaube nicht", antwortete Sylvia nach einem kurzen Zögern, *„wahrscheinlich war ich noch zu klein."*

Stefan hielt kurz inne. Er musste daran denken, dass sie einmal eine glückliche Familie waren, und er fragte sich, wann das wohl aufgehört hatte so zu sein.

„Ist alles in Ordnung?", fragte Elfi, welche die plötzliche Gemütsveränderung von Stefan bemerkt hatte, und Stefan antwortete:

„Wir sollten langsam an die Rückfahrt denken. Ich bin doch ein wenig erschöpft, und ich sehne mich nach meinem Bett."

*****

---

[7] Eine Redensart, die für strahlenden Sonnenschein steht, und deren Ursprung auf Kaiser Franz Josef zurückgeführt wird; aber auch auf Kaiser Wilhelm II

Mitte der darauffolgenden Woche rief Sylvia ihren Vater an und bat um eine Unterredung. Sie verabredeten sich für das Wochenende.

Als Sylvia mit Sigi angekommen war, bat Stefan Elfi, sie möge mit Sigi inzwischen in das Restaurant vorgehen und sich ein Glas Wein vergönnen.

„Wir sind hier in der <Thermenregion>, und es gibt tolle Weine. Das liegt an dem pannonischen Klima. Dadurch gibt es kräftige, gehaltvolle Rotweine, wie Zweigelt, Blauer Portugieser, aber auch tolle Weißweine, wie Neuburger oder den autochthonen[8] Zierfandler."

„Woher weißt du das alles?", fragte Sigi, nachdem Stefan seinen kleinen Vortrag über Weinkunde beendet hatte.

„Ich habe es gelesen, Sigi", antwortete Stefan. *„Lesen bildet, und jetzt lasst uns bitte allein!"*

Als Elfi und Sigi gegangen waren, erklärte Sylvia ihrem Vater, warum sie um diese Unterredung gebeten hatte:

„Ich stehe schon seit einiger Zeit mit Thorsten in Verbindung. Wir skypen[9] regelmäßig, und wir haben viel über dich gesprochen."

Stefan sah Sylvia überrascht an und fragte:

---

[8] Nur an diesem Ort/Region vorkommend
[9] Über das Internet telefonieren, auch mit Bild

„Was hast du denn über mich gesagt?"

„Dass du nach deinem Unfall ein anderer Mensch geworden bist", antwortete Sylvia.

„Inwiefern?", fragte Stefan.

„Ich habe es miterlebt, wie du von Mal zu Mal eine Veränderung erfahren hast. Du bist weicher geworden und mehr in dir selbst ruhend."

„War ich das vorher nicht?", fragte Stefan.

Sylvia überlegte einen Augenblick lang und sagte dann:

„Du selbst erkennst es scheinbar nicht, oder?"

„Ich weiß es nicht", antwortete Stefan, *„ich kann nur sagen, dass mir das Leben nach dem Unfall wesentlich besser gefällt als das Leben davor."*

„Hat das mit Mama zu tun?"

Stefan erschrak. Mit dieser Frage hatte er nicht gerechnet. Für sich selbst wusste er die Antwort; aber wäre es nicht Sylvia gegenüber verantwortungslos, ihr die Antwort zu geben?

„Es hat mit Elfi zu tun", antwortete er mit zurückhaltender Stimme, und er war froh, dass ihm diese Variante einer Antwort eingefallen war.

„Du liebst sie sehr, nicht wahr?"

„*Verletzt es dich, wenn ich mit JA antworte?*", sagte Stefan und schaute Sylvia erwartungsvoll dabei an.

„*Nein*", kam prompt die Antwort, was Stefan über die Maßen erleichterte. Er hatte sich selbst schon ein paar Mal gefragt, wie Sylvia damit umgehen würde, dass – so kurz nach dem Tod ihrer Mutter – eine neue Frau an ihres Vaters Seite wäre.

„*Ich kann dir gar nicht sagen, wie sehr erleichtert ich bin und wie sehr glücklich es mich das macht, dass du Elfi akzeptierst*", sagte Stefan und fügte hinzu:

„*Aber wie wird es wohl Thorsten aufnehmen? Er war ja schließlich Mamas Liebling.*"

„*Glaubst du das wirklich?*", fragte Sylvia.

„*Du etwa nicht?*", erwiderte Stefan überrascht und war noch mehr überrascht, als Sylvia sagte:

„*Mama hat mich genauso geliebt wie Thorsten.*"

Entsetzen machte sich in Stefans Gesicht breit. Wie konnte es sein, dass er sich all die Jahre so getäuscht hatte. Hatte ihn seine Eifersucht dermaßen geblendet?

Sylvia hatte bemerkt, dass ihr Vater blass geworden war.

„Geht es dir nicht gut, Papa?", fragte sie und legte ihre Hand auf Stefans Schulter.

„Nein", antwortete Stefan, *„es geht mir gar nicht gut. Bin ich all die vielen Jahre wirklich so blind gewesen, dass ich das nicht erkannt habe?"*

„Vielleicht", antwortete Sylvia, *„aber es ist müßig, dem weiter nachzugehen. Du hast ein zweites Leben geschenkt bekommen und somit die Chance es dieses Mal anders, vielleicht sogar es besser zu machen."*

„Sieht Thorsten das genauso wie du?", fragte Stefan.

„Das weiß ich nicht", antwortete Sylvia, *"das musst du ihn schon selber fragen."*

„Wie soll das gehen?", sagte Stefan, *„er nimmt meine Telefonanrufe nicht entgegen, und er beantwortet auch nicht meine Briefe."*

„Hast du ihm mehrere Briefe geschickt?", fragte Sylvia erstaunt, und Stefan antwortete:

„Nein, nur einen."

Vater und Tochter lächelten.

„Thorsten hat mir von dem einen Brief erzählt", sagte Sylvia, nicht ohne das Wort „einen" besonders zu betonen.

„*Er war überrascht, und er hat sich sehr darüber gefreut.*"

„*Warum hat er nicht geantwortet?*", fragte Stefan.

Sylvia sah ihren Vater an, und wieder lächelte sie.

„*Weißt du, wie sich zwei Steinböcke unterhalten?*", fragte sie dann, und Stefan antwortete unsicher:

„*Gar nicht?*"

„*Da irrst du dich, lieber Vater*", erwiderte Sylvia, „*die unterhalten sich sehr wohl, so wie alle anderen Tiere auch. Nur, dass es nonverbal vonstattengeht. Sie schlagen einfach mit den Köpfen aneinander.*"

Stefan hatte verstanden, was ihm seine Tochter gerade aufgetischt hatte. Er und Thorsten hatten von Anbeginn an Probleme mit der Konversation.

Ein Gespräch, so man das überhaupt so nennen konnte, hatte immer nur eine kurze Überlebensdauer. Wegrennen und Türenknallen bildeten meistens ein jähes Ende.

Stefan fragte sich gerade, warum das so gewesen war. Hatte er dem Kind zu wenig Raum gelassen, war er vielleicht zu dominant?

„*Was hast du Thorsten von Elfi erzählt*", wendete sich Stefan wieder Sylvia zu. „*Hast du es ihm überhaupt gesagt?*"

„*Natürlich*", antwortete Sylvia, „*ich habe ihm gesagt, dass du verknallt bist wie ein Teenager.*"

Stefan riss seine Augen weit auf und schnappte nach Luft.

„*So hast du ihm das gesagt?*", fragte er aufgeregt, und Sylvia antwortete:

„*Genau so, Papa.*"

Sylvia ließ ihren Vater noch eine Weile in seinem Gedankenwirrwarr verharren, bevor sie fortfuhr:

„*Ich habe Thorsten gesagt, dass sein Vater die Bitternis einer erloschenen Liebe durch die Süße einer neuen Liebe getilgt hat, und dass seine Seele dadurch eine Läuterung erfahren hat, welche ihn zu einem anderen Menschen gemacht hat.*

Und dass man jetzt mit ihm besser reden kann, als je zuvor."

„*Das hast du nicht wirklich gesagt, Sylvia*", kam es entsetzt aus Stefans Mund.

„*Doch, so habe ich das meinem Bruder gesagt*", antwortete Sylvia, „*Wort für Wort.*"

„*Damit dürfte sich die Frage wohl erübrigt haben, ob Thorsten mit mir reden will. Und was er geantwortet hat, möchte ich erst gar nicht wissen.*"

Es schwang sehr viel Resignation in seiner Stimme mit, als Stefan das sagte.

„*Du irrst dich schon wieder, Papa*", drang die Stimme Sylvias durch den Dschungel von Stefans Niedergeschlagenheit.

„*Was meinst du?*", fragte Stefan wenig hoffnungsfroh.

„*Thorsten hat uns alle nach Hamburg eingeladen. Ich musste ihm nur noch mitteilen, wann es dir und Elfi passt.*"

„*Ist das wahr?*", fragte Stefan mit tränenerstickter Stimme. Es hatte eine Weile gedauert, bis er begriffen hatte, was Sylvia ihm gerade gesagt hatte.

Sylvia nickte, und Stefan wiederholte seine Frage:

„*Ist das wahr, Silla? Ist das wirklich wahr?*"

„*Ja, Papa*", antwortete Sylvia, „*es ist wahr. Aber jetzt lass uns zu den anderen gehen.*"

Stefan stand auf und umarmte Sylvia.

„*Ich mach nur einen kurzen Sprung ins Bad, um mich frisch zu machen*", sagte Stefan, und kurz darauf konnte Sylvia ihren Vater durch die geschlossene Tür heftig weinen hören.

*****

In der kommenden Tage stand der routinemäßige Besuch des Arztes auf dem Programm.

„Ihre Werte sind durchwegs erfreulich, Herr Wenninger. Ich denke, dass wir Sie im Laufe der nächsten, spätestens jedoch übernächster Woche verabschieden können."

Die Worte von Dr. Hofer klangen wie Musik in Stefans Ohren. Er würde endlich in sein normales Leben zurückkehren können.

„Impliziert Ihre frohe Botschaft auch, dass ich sogar in ein Flugzeug steigen könnte?", fragte Stefan, sehr zur Verwunderung des Arztes.

„Wenn Sie sich das zutrauen, warum nicht", antwortete Dr. Hofer.

„Planen Sie eine größere Reise?", fragte der Arzt, und Stefan antwortete:

„Nur nach Hamburg, ich möchte meinen Sohn besuchen."

„Dann wünsche ich Ihnen eine gute Reise", erwiderte der Arzt, der noch immer nicht verstehen konnte, wie ein Mensch, der als einziger einer Flugzeugkatastrophe entkommen war, sofort wieder in ein Flugzeug steigen konnte.

Stefan bedankte sich bei Dr. Hofer, und nur wenig später führte er ein bemerkenswertes Telefongespräch.

„Hallo, Herr Dr. Sprüngli, wie geht es Ihnen?"

„Grüß Gott, Herr Wenninger! Das ist aber eine Überraschung. Es freut mich, von Ihnen zu hören."

„Die Freude ist ganz meinerseits, Herr Dr. Sprüngli."

„Aber jetzt lassen Sie doch den <Herrn Dr.> weg; das braucht es doch nicht. Wie geht es Ihnen denn?"

„Danke, mir geht es prächtig, dank Ihrer freundlichen Unterstützung. Haben Sie übrigens das Interview auf <ISEI> gesehen?"

„Gut, dass Sie mich darauf ansprechen, mein Lieber. Unsere Gesellschaft hatte eine sehr große Freude damit."

„Ich kann mir vorstellen, dass es eine gute Werbung für Ihre Gesellschaft darstellt."

„Das tut es durchaus, Herr Wenninger, und meine Gesellschaft ist Ihnen sehr dankbar dafür."

„Das war ich Ihnen schuldig, Herr Sprüngli."

„Wie geht es Ihrer Gefährtin, der verehrten Frau Baumann?"

„Sehr gut; danke der Nachfrage. Ich werde demnächst mit ihr, meiner Tochter und ihrem Freund nach Hamburg fliegen."

An dieser Stelle folgte eine kurze Unterbrechung. Stefan wollte das Gesagte einfach ein wenig einwirken lassen.

Als von der Gegenseite keine Meldung erfolgte, fügte Stefan hinzu:

„Macht die G.A.S. auch Flüge von Wien nach Hamburg?"

Jetzt lag der Ball bei Dr. Sprüngli. Er hob ihn auf und antwortete:

„Leider nicht, mein Lieber. Aber wir übernehmen selbstverständlich die Kosten für den Flug."

„Für uns alle?"

„Natürlich. Sie sagen uns, wann Sie fliegen möchten, und wir organisieren dann alles."

„Das ist außerordentlich großzügig von Ihnen, Herr Sprüngli, ich danke Ihnen sehr; auch im Namen meiner drei Begleiter."

„Grüßen Sie sie recht herzlich von mir und guten Flug nach Hamburg."

„Das mache ich; und nochmals vielen Dank."

„Was ich noch sagen wollte, Herr Wenninger."

Hier machte jetzt Herr Dr. Sprüngli eine kleine Pause, bevor er fortfuhr.

„Ihre Bemerkung beim Interview in Sachen <Entschädigung>, das war ein äußerst cleverer Schachzug. Chapeau!"

Damit war das Gespräch zu Ende, und Stefan fragte sich, ob er den Bogen gerade etwas zu sehr überspannt hatte.

„Mit wem hast du telefoniert, Liebling?", fragte Elfi, die gerade aus dem Badezimmer kam.

„Ich habe mit Dr. Sprüngli gesprochen und für uns einen Freiflug nach Hamburg besorgt", antwortete Stefan.

Elfi unterbrach das Trockenen ihrer Haare. Sie ließ das Handtuch sinken und schaute Stefan ungläubig an.

„Du willst nach Hamburg fliegen?", fragte sie, und Stefan antwortete:

„Ich werde nach Hamburg fliegen, und du, Sylvia und Sigi werdet mich begleiten."

„Geht das überhaupt?", fragte Elfi, noch immer ungläubig.

„Aber ja, mein Freund, Dr. Sprüngli, hat es mir gerade zugesagt."

„Das meine ich nicht", erwiderte Elfi, und Stefan fragte:

„Was meinst du denn?"

„Dass du schon wieder in ein Flugzeug steigen kannst", antwortete Elfi.

Stefan schaute Elfi an. Der Gedanke, dass er dazu nicht imstande sein könnte, war ihm bisher noch überhaupt nicht gekommen.

Aber in diesem Augenblick ergriff ihn ein leichtes Schaudern. Bilder drängten in seinen Kopf, schreckliche Bilder, Bilder die Angst machten.

Stefan riss sich zusammen und antwortete:

„Das Flugzeug ist noch immer das sicherste Verkehrsmittel."

Die Wirkung, welche sich Stefan erhofft hatte, als er diese bekannte und oft zitierte Phrase bemühte, blieb leider aus.

Als Elfi nicht darauf reagierte, sagte Stefan:

„Es gibt ja auch noch die Eisenbahn."

„Mir würde es besser gefallen, als zu fliegen. Man hat ja auch mehr von der Reise, wenn man mit der Bahn fährt.", fügte Elfi schnell hinzu.

*****

Stefan hatte das Gespräch mit Elfi keine Ruhe gelassen. Er befand sich in einem schwebenden Gemütszustand, was ihm überhaupt nicht gefiel.

Er hatte Sigi gebeten, er möge bitte so bald wie möglich nach Baden kommen, denn er müsste etwas sehr Wichtiges mit ihm besprechen.

„Was ist denn so dringlich?", fragte Sigi, der noch am selben Abend zu Stefan gefahren war.

„Ich habe ein großes Problem", antwortete Stefan, *„und nur du kannst mir dabei helfen."*

„Da bin ich aber gespannt", erwiderte Sigi und schaute Stefan erwartungsvoll an.

„Es geht um unsere gemeinsame Reise", begann Stefan mit der Schilderung seines Problems.

„Wohin willst du denn mit Elfi verreisen?", fragte Sigi, und Stefan antwortete:

„Nicht nur Elfi und ich; sondern auch du und Sylvia."

„Aha", erwiderte Sigi überrascht, *„von einer solchen Reise weiß ich ja gar nichts."*

„Das kannst du auch nicht", antwortete Stefan, *„ich weiß es ja selbst erst seit Kurzem.*

Wir werden alle gemeinsam – auf Einladung meines Sohnes Thorsten – nach Hamburg reisen. Alles Weitere kann dir Sylvia berichten. "

Sigi gab sich zunächst einmal mit dieser Erklärung zufrieden und hörte weiter zu.

„Ich habe auch schon die Zusage für die Kostenübernahme des Fluges durch meine lieben Schweizer Freunde", fuhr Stefan fort, *„und jetzt kommt das Problem.*

Bevor ich mit Elfi darüber geredet habe, war es überhaupt keine Frage für mich, dass wir mit dem Flugzeug reisen werden.

Und dann türmte sich bei mir urplötzlich – durch eine Bemerkung von Elfi – eine riesengroße Angst vor dem Fliegen auf.

Jetzt möchte ich dich fragen, ob ich trotzdem in ein Flugzeug einsteigen soll? "

Sigi bemerkte, dass sich Schweißperlen auf der Stirn von Stefan zu bilden begannen.

„Das kannst nur du entscheiden", antwortete Sigi, *„aber ich sehe gerade, dass allein durch das Reden über diese Frage Angst in dir aufkommt.*

Es gibt da diese Redensart, die du sicher kennst, dass ein Reiter, den sein Pferd abgeworfen hat, sofort wieder in den Sattel steigen soll.

Das macht aber nur Sinn, wenn der Reiter das selber will und wenn er das angstfrei tut.

Du darfst nicht vergessen, dass ein Flugzeug kein Pferd ist, von dem man schlimmstenfalls gleich wieder absteigen kann."

„Kann ich die Angst nicht irgendwie besiegen?", fragte Stefan.

Sigi dachte einen Moment nach, bevor er antwortete:

„Glaubst du an Schicksal, an eine höhere Macht, an Gott?"

Auch Stefan nahm sich Zeit, bevor er antwortete:

„Wieso fragst du mich das?"

„Weil ich bei unserem Ausflug ins Helenental gesehen habe, dass du irgendwie verändert warst, als du wieder aus der Kapelle herausgekommen bist."

„Ich hatte mich viele Jahre von Gott entfernt", antwortete Stefan, *„aber der Besuch dieser Kapelle hat mich ihm wieder einen kleinen Schritt näher gebracht."*

„Und glaubst du, der Schritt war groß genug, dass du dein Schicksal in seine Hände legen könntest?"

Nach diesem Satz von Sigi folgte ein längeres Schweigen. Stefan hätte gern spontan mit JA geantwortet, vermochte es aber nicht. Stattdessen sagte er:

„Ich weiß es nicht, Sigi..."

„Gäbe es eine Alternative?", fragte Sigi, und Stefan antworte:

„Ja, die gibt es. In 8 ½ Stunden mit dem ICE von Wien bis Hamburg oder mit dem Nachtzug in 12 ½ Stunden."

„Dann hast du ja die Antwort auf deine Frage", antwortete Sigi. *„Wir fahren mit der Eisenbahn. Bleibt nur noch die Frage, ob am Tag oder in der Nacht."*

*****

Stefan hatte sich für den Nachtzug entschieden. So konnte er den größten Teil der Fahrt liegend verbringen, was seinem Körper zuträglicher war.

Abfahrt war kurz nach 20:00 Uhr in Wien. Gegen 23:00 Uhr begann die Nachtruhe, und endete am nächsten Morgen um 07:00.

Den letzten Teil der Fahrt genossen sie am Fenster sitzend und kurz nach 09:00 Uhr hielt der Zug in Hamburg-Altona.

Als die vier Reisenden ausgestiegen waren, näherte sich ihnen ein junger Mann, der ein Schild mit der Aufschrift „Herr Wenninger" vor sich hielt.

Sylvia ging auf ihn zu und fragte ihn, wer er sei. Der junge Mann antwortete, sein Name sei Sven und er wäre der Schwager von Thorsten Wenninger.

Thorsten habe ihm ein Bild seines Vaters gezeigt und ihn gebeten, er möge die Reisenden abholen und in ihr Hotel bringen, da er selbst verhindert sei.

Sie sollten sich dort ein wenig frisch machen. Sven würde sie eine Stunde später wieder abholen und zum Restaurant fahren.

Die Wagennummer des ICEs hatte Sylvia ihrem Bruder vorab telefonisch avisiert, und so war es kein Problem für Sven genau an dem Punkt zu stehen, an welchem die Ankömmlinge aussteigen würden.

Gegen Mittag traf dann die kleine Reisegruppe vor dem Restaurant ein. Als sie aus dem Kleinbus ausstiegen, mit welchem Sven sie geholt hatte, zeigte Stefan auf den Schriftzug über dem Eingang des Restaurants.

„Seht ihr das", rief er ganz aufgeregt, „seht ihr, was da steht?"

Über der Eingangstür prangte in großen Buchstaben das Wort: „WENNINGER-STUBEN"

In Stefans Schläfen begann es heftig zu pochen.

„Heißt das, das Restaurant gehört Thorsten?", stammelte er, und Sylvia antwortete:

„Ja, Papa, das ist das Restaurant deines Sohnes, und es hat sogar einen Stern."

Stefan hielt sich an Elfi fest. Was er da gerade zu sehen bekam, erschütterte ihn.

„Mein Sohn, der Versager, ein Sternekoch mit einem eigenen Restaurant?", schoss es ihm durch den Kopf. *„Wie ist das nur möglich?"*

„Wollen wir nicht endlich hineingehen?", sagte Sylvia, und im selben Augenblick öffnete sich die Tür und Thorsten kam heraus.

Die beiden Männer standen wie angewurzelt da, gefangen in ihrer Unschlüssigkeit, wer zuerst auf den anderen zugehen sollte.

Sigi gab Stefan einen kleinen Stoß in die Rippen und setzte damit den Zauderer in Bewegung.

Stefan ging auf Thorsten zu und umarmte ihn.

„Hallo Thorsten!", sagte Stefan und bekam feuchte Augen.

„Hallo Papa!", erwiderte Thorsten. *„Schön, dass du da bist und herzlich willkommen in den <Wenninger-Stuben>!"*

„*Das sind Elfi und Sigi*", stellte Stefan die beiden vor, „*und deine Schwester kennst du ja.*"

Ein kleines Lachen lockerte die leicht angespannte Stimmung etwas auf. Thorsten gab Elfi und Sigi die Hand und sagte:

„*Auch für Sie ein herzliches Willkommen. Ich hoffe, Sie fühlen sich wohl in Hamburg.*"

„*Du kannst doch deinen künftigen Schwager und die Lebensgefährtin deines Vaters nicht siezen*", sagte Sylvia und verblüffte damit alle Anwesenden.

Sven ergriff die Initiative und löste die vorherrschende Schockstarre auf.

„*Das ist der perfekte Moment für ein Glas Champagner, meint ihr nicht auch?*"

„*Du gefällst mir Schwager*", sagte Sylvia, ging hin zu Sven und küsste ihn auf die Wange.

„*Dann kommt bitte herein*", sagte Thorsten, „*ich habe einen schönen Tisch für euch.*"

Als alle Platz genommen hatten und der Champagner serviert worden war, erhob Thorsten sein Glas und sagte:

„*Noch einmal herzlich willkommen und auf eine schöne, gemeinsame Zeit mit Euch!*"

*****

Stefan und Thorsten waren mit einer Jolle auf die Elbe hinausgefahren. Der Schwiegervater von Thorsten war Bootsbauer, und von ihm hatten sie das Boot.

Sie waren in Blankenese losgesegelt und auf dem Weg zum Naturschutzgebiet „Neßsand". Im schmalen westlichen Bereich der Insel legte Thorsten an.

Thorsten hatte seinen Schwager Sven dazu vergattert die anderen auf eine Hafenrundfahrt mitzunehmen und Sightseeing mit ihnen zu machen.

Nun waren Vater und Sohn mit sich allein und bereit einige Dinge ins rechte Lot zu bringen.

„Ich kann es noch immer nicht glauben, dass du dein eigenes Restaurant hast und sogar mit einem Stern ausgezeichnet bist", begann Stefan das Vater-Sohn-Gespräch zu eröffnen.

Thorsten wollte seinen Vater gerade darauf hinweisen, dass er noch nie etwas von ihm gehalten habe, biss sich aber auf die Lippen und antwortete:

„Es war ein weiter Weg bis dahin; aber jetzt habe ich es geschafft."

Stefan hätte sich in diesem Moment ohrfeigen mögen, war er doch schon wieder in alte Verhaltensmuster gerutscht, anstatt sich Thorsten gegenüber so zu verhalten, wie er sich das vorgenommen hatte.

„*Ich bin sehr stolz auf dich, mein Sohn*", sagte Stefan, und er war ebenso wie Thorsten darüber erstaunt, dass er das gerade gesagt hatte.

Thorsten bekam Tränen in die Augen. Wie sehr hätte er sich das früher von seinem Vater gewünscht. Schon als kleines Kind musste er ständig gegen die übermächtige Konkurrenz – in Form seiner Schwester Sylvia – ankämpfen.

So sehr er sich bemühte, es reichte immer nur für den zweiten Platz. Und umso mehr seine Mutter ihn tröstete, umso weiter entfernte sich sein Vater von ihm.

Hinzu kamen später einige unglückliche Geschehnisse, wie beispielsweise sein Versuch ein Geschäft mit einem Partner aufzubauen.

Der Partner hatte ihn betrogen und ihn auf den Schulden sitzen lassen. Der Versuch, seinem Vater die Umstände seiner Pleite zu erklären, scheiterte an der Sturheit des Vaters.

Als Thorsten später einen Autounfall unter Alkoholeinwirkung verschuldete, verpasste ihm sein Vater endgültig das Stigma eines Versagers.

Als Stefan sah, wie Thorsten weinend vor ihm saß, wollte er ihn trösten; aber eine innere Macht hielt ihn zurück.

„Kannst du mich nicht einmal in den Arm nehmen, Papa?", sagte Thorsten schluchzend und hielt seinem Vater die Arme entgegen.

Stefan stand auf, und fast wäre er aus dem Boot gefallen, das gerade zu schaukeln begann. Er nahm Thorsten in seinen Arm, und dann brachen alle Dämme.

Von einem heftigen Weinkrampf befallen, sagte Stefan:

„Jetzt wird alles gut, mein Sohn. Es tut mir so leid; bitte verzeih mir!"

Dann wurde es still. Nur das Plätschern des Wassers, das an die Bordwand schlug, unterbrach die Stille. Vater und Sohn saßen schweigend nebeneinander; nur ihre Herzen sprachen.

„Hat Mama gelitten?", fragte Thorsten, und Stefan antwortete:

„Nein, man hat mir versichert, dass alle Insassen des Flugzeugs sofort tot waren. Durch die Explosion ging alles sehr schnell."

Stefan wusste, dass dies nicht ganz der Wahrheit entsprach. Das Flugzeug begann sofort zu brennen; aber die Explosion trat erst später ein.

Die Vorstellung, dass die Menschen zum Teil bei lebendigem Leib verbrannt sind, wollte er Thorsten ersparen.

„*Hast du Mama beerdigt?*", fragte Thorsten weiter, und Stefan wurde einmal mehr bewusst, wie stark die Bande von Mutter zu Sohn gewesen war.

„*Nein*", antwortete Stefan, „*ich wurde sofort in ein künstliches Koma versetzt, und als ich aufgeweckt wurde, war schon alles vorbei.*"

„*Vermisst du Mama?*"

War Stefan den Fragen seines Sohnes bis dahin gekonnt ausgewichen, so brachte ihn diese Frage in arge Bedrängnis.

Wie sollte er Thorsten die Wahrheit sagen, ohne ihn zu verletzen. Und anlügen wollte er ihn auch nicht. Da kam ihm Thorsten selber zu Hilfe, indem er sagte:

„*Das war eine dumme Frage. Bitte, entschuldige Papa!*"

„*Erzähle mir von Frauke und meinem kleinen Enkel*", sagte Stefan, der eine große Erleichterung empfand, dass der Kelch an ihm vorübergegangen war.

„*Sie war eine ganz besondere Frau und die Liebe meines Lebens*", antwortete Thorsten, „*und ich vermisse sie jeden Tag.*"

„*Das tut mir sehr leid*", erwiderte Stefan, „*ich hätte sie gern kennengelernt. Hast du ein Bild von ihr?*"

Thorsten öffnete seine Geldbörse und entnahm ihr eine Fotografie. Sie zeigte Frauke und Thorsten auf dem Boot.

„Sie liebte das Segeln genauso wie ich", erklärte Thorsten. *„Sie hat es mir beigebracht."*

Stefan musste daran denken, wie er mit Gudrun und den Kindern im Urlaub an den Neusiedlersee gefahren ist.

Er hatte Thorsten und Sylvia für einen Anfängerkurs angemeldet. Während Sylvia mit der Optimisten-Jolle sofort klargekommen ist, bekam Thorsten nichts auf die Reihe.

Das Ergebnis war, dass er hinschmiss. Alle guten Worte nützten nichts, Thorsten verweigerte sich mit der ihm zu Gebote stehenden Sturheit.

„Einmal haben wir sogar an einer Paar-Regatta teilgenommen und gewonnen", sagte Thorsten mit versponnenem Blick in Richtung Stefan.

„Wann wirst du mir endlich meinen Enkel zeigen", erwiderte Stefan, um Thorsten aus seiner Stimmung herauszuholen.

„Wenn wir wieder an Land sind", antwortete Thorsten, *„meine Schwiegereltern erwarten uns zum Kaffee. Und dann kannst du Nele sehen."*

„Ich kann es kaum erwarten", erwiderte Stefan.

Das Haus der Familie Lüneborg war ein altes Kapitänshaus und lag nahe beim Strand. Stefan und Thorsten wurden schon erwartet.

„Darf ich dir meine Schwiegereltern, Heinrich und Gisela Lüneborg vorstellen", sagte Thorsten zu seinem Vater und zu den Lüneborgs gewandt:

„Das ist mein Vater, Stefan Wenninger aus Wien."

Nach der Begrüßung wurden Stefan und Thorsten mit den Worten: *„Dann mal herein in die gute Stube"* ins Hausinnere gebeten.

Die Frau des Hauses holte den Kaffee aus der Küche, während der Hausherr kurz verschwand und die kleine Nele aus ihrem Zimmer holte.

Thorsten nahm Nele dem Schwiegervater ab, hielt sie seinem Vater entgegen und sagte:

„Das ist dein Opa Stefan."

Nele rieb sich die Augen. Opa Heinrich hatte sie scheinbar gerade aus dem Schlaf geweckt.

Die kleine Prinzessin schaute das neue Familienmitglied prüfend an, um sich danach mit ihren kleinen Ärmchen fest an ihren Papa zu klammern.

„Sie ist ein wenig scheu", sagte Oma Gisela entschuldigend, *„sie muss sich erst an Sie gewöhnen."*

„*Nichts da*", sagte Opa Heinrich, „*jetzt wird erst einmal ein Schnäpschen getrunken, und dann sagen wir DU. Wir sind doch schließlich eine große Familie. Oder was meinst du, Stefan?*"

„*Sehr gern, Heinrich*", sagte Stefan, dem die beiden neuen Verwandten sehr sympathisch waren.

Auf dem Tisch stand ein großer Teller mit Kuchenstücken.

„*Das ist eine Hamburger Spezialität*", erklärte Oma Gisela, „*Hamburger Butterkuchen mit Mandeln obenauf. Selbst gebacken; greif bitte zu!*"

Stefan nahm sich ein Stück.

Oma Gisela legte spontan ein weiteres Stück auf Stefans Teller und Opa Heinrich goss derweil den Kaffee ein.

Dann begann eine zwanglose Unterhaltung, immer wieder dazwischen gut geölt mit weiteren geistigen Getränken, und umrahmt von allgemeinem Wohlgefühl.

Es waren einige Stunden vergangen, als Thorsten zum Aufbruch drängte.

„*Wir sehen uns ja alle am Abend wieder; aber jetzt müssen wir wirklich los.*"

Oma Gisela umarmte Stefan zum Abschied, und die beiden Männer taten es ihr gleich.

„Deine Schwiegereltern sind wirklich nett", sagte Stefan während der Rückfahrt, *„und die kleine Nele ist entzückend."*

Thorsten nickte, und Stefan sonnte sich in der Erinnerung, dass er sein Enkelkind sogar zum Abschied auf dem Arm halten konnte. Und das ohne jeglichen Protest.

„Wie findest du eigentlich Elfi", fragte Stefan nach einer Weile. Es war inzwischen schon dunkel geworden. Stefan schaute erwartungsvoll in Thorstens Gesicht, das immer wieder von entgegenkommenden Autos kurz erhellt wurde.

„Habt ihr ein Verhältnis?"

Die Frage, welche von Thorsten anstelle einer Antwort kam, traf Stefan wie ein Keulenschlag. Er brauchte einen kurzen Augenblick, um sich wieder zu fangen.

„Das ist kein Verhältnis", antwortete Stefan fast ein wenig brüsk, *„ich liebe Elfi, und ich werde diese Frau heiraten."*

Es war das erste Mal, dass Stefan diesen Gedanken, mit dem er schon einige Zeit schwanger ging, laut aussprach.

„Ich denke, deine Elfi ist ganz in Ordnung", sagte Thorsten, *„sie gefällt mir."*

Stefan hatte in diesem Moment alles erwartet, das jedoch auf gar keinen Fall. Es führte ihm einmal mehr vor Augen, wie wenig er seinen Sohn kannte.

„Das bedeutet mir sehr viel", sagte Stefan, und er hatte große Mühe dabei, diese Worte verständlich über die Lippen zu bringen, denn es schnürte ihm gerade die Kehle zu.

„Was sagt meine Schwester dazu?", fragte Thorsten, und Stefan antwortete:

„Du bist der Erste, dem ich es gesagt habe. Noch nicht einmal Elfi weiß das."

Thorsten drehte seinen Kopf zu Stefan. Dann lachten die beiden Männer, und es war ein befreiendes und zugleich verbindendes Lachen.

„Ich bin sehr froh, dass wir uns wiedergefunden haben", sagte Stefan, und Thorsten antwortete:

„Ich auch, Papa."

Sie waren inzwischen am Restaurant angekommen, wo sie schon sehnsüchtig erwartet wurden.

„Wie war es mit Nele?", fragten Sylvia und Elfi, und Stefan schwärmte in den hellsten Tönen von der kleinen Prinzessin.

„Ihr werdet sie heute Abend sehen. Opa Heinrich und Oma Gisela werden sie mitbringen."

Es war noch etwas Zeit bis zum angekündigten Galadiner. Stefan und Elfi zogen sich auf ihr Zimmer zurück, um noch ein wenig auszuruhen.

„Ich möchte dich etwas Wichtiges fragen", sagte Stefan, und Elfi antwortete spaßeshalber:

„Aber du machst mir jetzt keinen Heiratsantrag."

„Wäre das so abwegig?", fragte Stefan.

„Irgendwie schon", antwortete Elfi, *„so kurz nach dem Verlust deiner Ehefrau. Und deine Kinder würden mich vermutlich steinigen."*

„Da irrst du dich", antwortete Stefan, *„den Segen von Thorsten habe ich schon und Sylvia hat ganz bestimmt nichts dagegen."*

Elfi wurde blass. Sie musste heftig schlucken. Was sie für einen Scherz gehalten hatte, wurde plötzlich real.

Stefan griff in seine Hosentasche und holte eine kleine Schatulle hervor. Er hatte sie schon den ganzen Tag bei sich getragen.

Er öffnete die Schatulle und entnahm ihm einen Ring. Es war das passende Gegenstück zu der Kette, welche er Elfi zum Geburtstag geschenkt hatte: ein herzförmiger Ring mit einem Smaragd, umsäumt von kleinen Diamanten.

„Elfriede Baumann, willst du mich heiraten?"

Mit diesen Worten reichte er Elfi den Ring. Sie steckte ihn an ihren Finger und antwortete laut und deutlich mit einem freudigen „*JA!*"

Dann besiegelten die beiden ihre Verlobung mit einem langen, innigen Kuss.

„*Wann willst du es den Kindern sagen*", fragte Elfi, und Stefan antwortet:

„*Das Festessen heute Abend ist der perfekte Rahmen dafür.*"

Nach einer kurzen Pause stellte Stefan eine weitere, schwerwiegende Frage an Elfi:

„*Könntest du dir vorstellen Österreich zu verlassen und mit mir auszuwandern?*"

„*Wohin?*", fragte Elfi, als wolle sie die Wahl der potenziellen neuen Heimat davon abhängig machen.

„*In das Land, wo die Zitronen blühen*", antwortete Stefan.

„*Nach Italien?*", fragte Elfi aufgeregt, und Stefan antworte:

„*In die Toskana. Ich habe dort ein kleines Haus entdeckt, das für uns wie gemacht ist. Es liegt in der Nähe von Lucca, ganz in der Nähe vom Meer.*"

„*Das klingt wunderbar*", sagte Elfi, „*ist das nicht zu teuer?*"

„Die Finanzierung ist kein Problem", erwiderte Stefan, der sich gerade sehr darüber freute, dass sich Elfi seinem Vorschlag zugeneigt zeigte.

„Mit der Entschädigung von der G.A.S. und der Lebensversicherung von Gudrun ist der größte Teil schon finanziert. Und außerdem ist ja noch mein Haus vorhanden, das ich verkaufen könnte."

„Du glaubst, die Lebensversicherung wird zahlen?", fragte Elfi skeptisch. *„Soviel ich weiß, haben Versicherungen eine Klausel, welche besagt, dass bei Katastrophen und Naturereignissen keine Zahlung geleistet wird."*

„Das stimmt grundsätzlich", antwortete Stefan, *„aber bei einem VIP, von dem alle Medien berichten, sieht das anders aus. Ich habe bereits Kontakt mit der Versicherung aufgenommen, und man hat mir die Zahlung schon zugesagt. Einzige, kleine Bedingung am Rande: eine dankbare Geste in Form einer Erwähnung im Rahmen eines Interviews."*

Elfi schüttelte ungläubig den Kopf .

„Es ist immer wieder erstaunlich, welche Macht die Presse doch hat. Was jedoch den eventuellen Verkauf deines Hauses betrifft, so bitte ich dich, davon Abstand zu nehmen", sagte Elfi und fügte hinzu:

„Es ist schließlich auch das Haus deiner Kinder. Ich habe noch eine beträchtliche Summe von meiner Scheidung her auf der hohen Kante, und die möchte ich gern dazu beisteuern."

„Heißt das, du würdest wirklich mit mir in die Toskana ziehen?", fragte Stefan freudig, und Elfi antwortete:

„Sogar bis Alaska, wenn es dort nicht zu kalt wäre."

*****

Galadiner

Gruß aus der Küche

*Perlhuhn-Consommé mit
pochierten Wachteleiern*

*Gebratene Jakobsmuscheln,
Blumenkohl und Nussbutter*

*Sous-vide gegarter Kalbsrücken
im Kräutermantel mit
Kalbsbäckchen, Topinambur,
Rosenkohl und Schalottenjus*

*Variationen von der
Valrhona Schokolade,
Kaffee mit Quitte und Minze*

*****

Thorsten hatte sich selbst übertroffen. Stefan kam aus dem Staunen nicht mehr heraus.

„Es ist wirklich unglaublich", sagte er am Ende des formidablen Diners, *„ich kann dir gar nicht sagen, wie stolz ich auf dich bin."*

Während des Essens hatte Verena, eine Mitarbeiterin von Thorsten, welche auch für die Büroarbeit zuständig war, auf die kleine Nele aufgepasst.

Sie tat das auch, wenn Nele einen Nachmittag bei Papa im Restaurant zubrachte, und wenn Papa kurzfristig keine Zeit für seine Tochter hatte.

Aber nach dem Essen wurde die kleine Prinzessin unumstrittener Mittelpunkt der geselligen Runde. Sie wanderte von einem Schoß zum anderen, und sie ließ es willig geschehen.

Als sie jedoch bei Elfi auf dem Schoß gelandet war, bereitete es ihr sichtlich Vergnügen. Stefan nützte die Gelegenheit und ergriff das Wort:

„Meine Lieben!

Wie ihr alle sehen könnt, fühlt sich unser kleiner Sonnenschein auf Elfis Schoß sehr wohl. Ich kann das sehr gut verstehen, denn mir geht das genauso.

Ich habe diese wunderbare Frau kennen- und lieben gelernt, und deshalb habe ich mich heute mit ihr verlobt.

Wir werden irgendwann heiraten, und ich möchte euch jetzt schon sehr herzlich zu unserer Hochzeit einladen.

Die zurückliegende Zeit war turbulent und ereignisreich. Ich habe Schreckliches erlebt, und ich konnte mir lange Zeit nicht vorstellen, jemals wieder fröhlich zu sein.

Aber das Schicksal geht bekannterweise seinen eignen Weg. Ich habe tolle Menschen kennengelernt, die mir dabei geholfen haben wieder auf die Füße zu kommen.

Einer dieser Menschen sitzt hier mit uns am Tisch. Es ist Sigmar Fröhlich, ein toller, kompetenter Psychotherapeut und mein guter Freund. Er hat mich Einiges anschauen lassen, und manchmal hätte ich ihn am Liebsten erschlagen.

Heute bin ich froh, dass ich es nicht getan habe. Und wenn meine geliebte Tochter klug ist, dann macht sie ihn schon bald zu meinem Schwiegersohn.

Was ich sehr bedaure, ist, dass Frauke, meine verstorbene Schwiegertochter, nicht bei uns sein kann. Ich hätte sie sehr gern kennengelernt, und ich bin sicher, ich hätte sie ins Herz geschlossen.

Ein Teil von ihr sitzt gerade auf dem Schoß von meiner Elfi. Oder darf ich vielleicht <Oma Elfi> sagen?

Das bringt mich zu Oma Gisela und Opa Heinrich. Zwei wunderbare, liebenswerte Schwiegereltern meines Sohnes und Großeltern meiner Enkelin Nele.

Sie haben mich - ohne Wenn und Aber - bei sich willkommen geheißen, und mir das Gefühl gegeben dazu zu gehören.

Und nun zu dir, mein Sohn. "

Stefan wendete sich zu Thorsten, der mit Tränen in den Augen zugehört hatte.

„Du hast mir das größte Geschenk gemacht. Ich meine die kleine Nele; aber ich meine auch deine Großherzigkeit, die du mir gegenüber gezeigt hast.

Ich war dir kein guter Vater, und du hast mir trotzdem verziehen und mir die Tür zu deinem Herzen geöffnet. Ich danke dir so sehr dafür. Und auch für das wunderbare Essen.

Ich danke dir und auch Sylvia, dass ihr mir meine Elfi vergönnt, und dass ihr sie als Familienmitglied aufnehmt.

So bitte ich euch nun eure Gläser zu erheben und darauf zu trinken, dass wir eine große Familie sind, und dass Elfi und ich dazugehören dürfen. Ich danke euch sehr und Gott beschütze euch! "

Nach dieser flammenden Rede blieb kein Auge mehr trocken und alle Anwesenden ergaben sich in einer wahren Umarmungsorgie.

„Soso, ihr habt euch also verlobt", sagte Sigi mit einem Augenzwinkern, *„und das in aller Heimlichkeit."*

„Und mir habt ihr nichts davon gesagt; aber Thorsten schon?", kam es vorwurfsvoll aus Sylvias Mund.

„Darf ich dich nachträglich um deinen Segen bitten, geliebte Tochter?", sagte Stefan, und Elfi fügte schnell hinzu:

„Es wäre auch mir ein großes Anliegen..."

Sylvia lächelte. Sie musste daran denken, wie sehr diese Frau ihren Vater verändert hatte. Und auch, wie sehr sie diese Frau mochte.

Sie mochte sie schon, als sie sich das erste Mal begegnet waren. Und hätte sich ihr Vater nicht in diese Frau verliebt, so hätte sie sich Elfi als Freundin gewünscht.

Aber das eine muss ja das andere nicht ausschließen.

„Meinen Segen habt ihr", sagte Sylvia, *„werdet glücklich!"*

Und dann umarmte sie Elfi ganz fest und gab ihr einen Kuss.

*****

Nachtrag:

Ein knappes Jahr später heirateten Sylvia und Sigi.

Stefan überschrieb sein Wohnhaus in Wien an seine beiden Kinder.

Danach zogen Stefan und Elfi in ihr Haus in der Toskana, wo sie in aller Stille heirateten.

Im darauffolgenden Jahr wurde Oskar geboren, der Cousin von Nele.

Zum 65. Geburtstag von Stefan trafen sich alle wieder:

Sigi und Sylvia Fröhlich mit Sohn Oskar

Thorsten Wenninger mit seiner Freundin Heike und Tochter Nele

Opa Heinrich Lüneborg und Oma Gisela Lüneborg

Es war ein rauschendes Fest, inklusive Feuerwerk, welches eine Strafe nach sich zog, weil es weder angemeldet noch erlaubt war.

Stefan Wenninger zahlte die Strafe gern, und er würde es jederzeit wieder machen...

*****